Le grand livre de

2

Héritage jeunesse

Catalogage avant publication de
Bibliothèque et Archives nationales
du Québec et Bibliothèque
et Archives Canada

Le grand livre de Go Girl! n° 2
constitué des livres
« La récré du midi »,
« Vacances en famille »
et « Camp de torture »
écrits par :

Steggall, Vicki
La récré du midi
Traduction de : Lunchtime Rules

McAuley, Rowan
Vacances en famille
Traduction de : Holiday!

Badger, Meredith
Camp de torture
Traduction de : Camp Chaos

Pour les jeunes.
ISBN 978-2-7625-9594-9
I. Oswald, Ash . McDonald, Danielle.
II. Ménard, Valérie, III. Titre.
IV. Collection : Go Girl!.

Imprimé au Canada

Lunchtime Rules
de la collection GO GIRL!
Copyright du texte
© 2005 Vicki Steggall
Maquette et illustrations
© 2005 Hardie Grant Egmont

Holiday!
de la collection GO GIRL!
Copyright du texte
© 2008 Rowan McAuley
Maquette et illustrations
© 2008 Hardie Grant Egmont

Camp Chaos
de la collection GO GIRL!
Copyright du texte
© 2005 Meredith Badger
Maquette et illustrations
© 2005 Hardie Grant Egmont
Conception et illustrations
de Ash Oswald et Danielle McDonald
Le droit moral des auteurs est ici
reconnu et exprimé.

Versions françaises
© Les éditions Héritage inc. 2009
et 2010
Traduction de Valérie Ménard
Révision de Ginette Bonneau
Graphisme de Nancy Jacques

Nous reconnaissons l'aide financière
du gouvernement du Canada
par l'entremise du Fonds du livre
du Canada.

Nous reconnaissons l'aide financière
du gouvernement du Québec
par l'entremise du Programme
de crédit d'impôt-SODEC.

La récré du midi

PAR

VICKI STEGGALL

Traduction de VALÉRIE MÉNARD

Révision de GINETTE BONNEAU

Illustrations de ASH OSWALD

Infographie de DANIELLE DUGAL

Chapitre
*un

Si l'heure du dîner ne

se termine pas bientôt, je vais

exploser. Le temps avance

trop lentement et ça me rend

malade. Je suis certaine que

la cloche aurait dû sonner

il y a bien longtemps.

C'est une autre

de ces récréations du midi

ennuyantes et interminables,

comme toutes celles que

je vis depuis qu'est survenu

cet évènement et que

mes amis ont décidé de jouer

sans moi.

Je les entends jouer

au soccer juste derrière moi.

Mon sport préféré.

Ma meilleure amie, Alice,

hurle notre cri de ralliement.

Nous le crions chaque fois

que nous l'emportons

sur les garçons.

  C'est trop injuste !

Mes yeux s'emplissent d'eau

au moment où j'entends

Alice. Je regarde ma boîte

à lunch. Je vois embrouillé.

Les filles qui sont assises

avec moi n'ont rien
remarqué. Elles sont trop
occupées à parler. Je ne veux
surtout pas me mettre
à pleurer devant elles.
Je ferme les yeux puis j'essaie
de retenir mes sanglots.

— Alice, tu as triché !
crie David derrière moi.

Il dit toujours ça quand
il perd. David est bon
dans les sports, mais il n'est

pas très intelligent. Il ne sait

donc pas comment réagir

lorsqu'il perd. Certains élèves

le surnomment David

la tête vide, mais je crois

que c'est un garçon bien,

vraiment. Alice et moi jouons

au soccer avec David

et son meilleur ami, Jacob,

depuis la deuxième année.

Enfin, nous le faisions

jusqu'à tout récemment.

— Elle n'a pas triché !
lui répond Laurie.

Laurie a pris ma place
dans l'équipe auprès d'Alice.
Elle a toujours voulu jouer
avec nous, mais la règle
ne nous permet que quatre
joueurs. Les nombres impairs
ne font jamais bon ménage.
Je ne fais maintenant
plus partie de l'équipe...

C'est tellement absurde !

Comment peuvent-ils jouer

sans moi ? Je ne peux

pas croire qu'ils m'aient

remplacée comme si de rien

n'était. C'est moi qui

ai démarré le jeu ! C'est moi

qui inventais les nouvelles

règles lorsque nous en avions

besoin ! C'est moi

qui séparais David et Jacob

lorsqu'ils se bagarraient !

Et en plus, si je n'avais pas été là, nous n'aurions seulement pas eu de compétition ni de fête de la Grande finale,

car personne n'aurait pensé

à inventer ce genre

d'évènements ! Et dire

qu'ils jouent comme si

je n'avais jamais existé.

   Un énorme sanglot

me noue la gorge.

Camille, qui est assise à côté

de moi, me regarde.

   — Est-ce que ça va ?

demande-t-elle.

Camille est gentille

avec tout le monde.

Je hoche la tête, mais

je recommence à sangloter

et à voir embrouillé.

— Ça doit être difficile

pour toi de ne pas jouer,

dit-elle gentiment.

Tu es tellement bonne à

ces jeux, même si tu es petite.

Je hoche la tête sans lever

les yeux de ma boîte à lunch.

Je ne veux pas parler de cela,

pas même à Camille.

C'est *très* difficile.

Et c'est justement à cause

de ma petite taille que tout

a commencé. Je déteste

l'heure du dîner et je déteste

l'école. Je déteste aussi devoir

rester assise ici pendant que

je les entends jouer.

— Je l'ai ! dit David.

Des cris d'encouragement

s'élèvent.

Je n'en peux plus. Je saisis

ma boîte à lunch puis je pars

à courir. Des larmes coulent

sur mes joues tandis que

je traverse la cour d'école.

Ça m'est égal, à présent, que

les autres me voient pleurer.

La cloche sonne

au moment où je pousse

la porte des toilettes.

C'est sans importance.

Je me précipite dans

la première cabine,

je verrouille la porte

derrière moi, je m'assois

sur la toilette et j'enfouis

mon visage dans le creux

de mes mains.

  Les larmes coulent

entre mes doigts,

et mes sanglots sont si forts

que j'en ai mal à la poitrine.

À l'extérieur, j'entends les autres élèves entrer dans les salles de classe, bavarder et rire. J'entends ensuite les portes se refermer. Puis, tout devient soudainement silencieux.

Je ne sors pas d'ici. Je suis bien ici et je vais y rester jusqu'à ce qu'il soit l'heure de rentrer à la maison. Je vais avoir

des ennuis, mais ça m'est

égal. Je veux simplement

que tout redevienne normal.

Mais est-ce possible ?

Chapitre
* deux *

Comme je l'ai mentionné,

ma petite taille est la source

de tous mes problèmes.

Je sais, ça peut sembler

étrange.

J'ai toujours été petite
pour mon âge, mais ça
ne m'a jamais incommodé.
Lorsque je regarde une photo
de moi et de mes amis,
je pense toujours
que je pourrais passer
pour leur petite sœur.
Et après ? C'est un trait
physique bien banal,
comme avoir les yeux bleus

ou les cheveux roux, ou peu
importe.

Alice m'a donné un surnom
super – Mimi, le diminutif
d'Émilie. Il me va si bien
que même ma mère
et mes professeurs
me surnomment ainsi.

Mais aujourd'hui, ma petite
taille me cause des ennuis.

Tout a débuté pendant
la récréation du midi il y a

environ deux semaines.

Nous jouons à nos jeux

quotidiens – le soccer,

le kickball et le ballon

prisonnier (le jeu qui consiste

à éliminer les joueurs

de l'équipe adverse en

les touchant avec le ballon).

J'ai inventé mes propres

règles pour rendre le jeu

plus intéressant, mais aussi

parce que j'aime inventer
des règles.

Soudain, David s'arrête
de courir au milieu de
la partie. David a tellement
grandi cette année
que son cerveau n'est plus
proportionnel à sa taille
– il est presque aussi grand
que certains professeurs.
On dirait que son cerveau
a momentanément gelé.

Nous devons donc
lui rappeler de poursuivre
la partie.

— Qu'est-ce que tu fais ?
demande Jacob.

— Continue, lui dis-je.

Il reste immobile. Nous
nous arrêtons aussi de jouer.

— Qu'est-ce qu'il y a ?
demande Jacob en
se dirigeant vers nous
d'un air renfrogné.

David a l'air mal à l'aise.

— Ça ne fonctionne plus,
dit-il.

Il baisse la tête puis donne
un coup de pied dans
la poussière, comme s'il avait
peur de nous regarder
dans les yeux.

Tout le monde se demande
de quoi il parle.

— Qu'est-ce que tu veux
dire ? demande Alice.

C'est exactement comme avant. Qu'est-ce qui a changé ?

David a vraiment l'air mal à l'aise.

— Eh bien, demande-moi plutôt ce qui n'a *pas* changé, dit-il.

Nous ne comprenons toujours pas ce qu'il veut dire, mais nous sommes habitués à David.

Puis, il lève la tête

et me regarde droit dans

les yeux. J'ai soudainement

un serrement dans la poitrine.

De toute évidence, ça me

concerne.

Tout le monde me regarde

comme si je savais ce qui

se passait.

Le serrement dans

la poitrine s'estompe puis j'ai

soudainement des papillons

dans le ventre, comme

lorsque j'ai des ennuis.

— Elle est trop lente,

dit David.

Il regarde les autres

à la ronde.

— Vous savez ce que je veux

dire. C'est rendu ennuyant

de jouer au soccer

avec Mimi. Elle est trop

petite et trop lente.

C'est comme jouer

avec une élève de maternelle.

Tout le monde me regarde.

Je suis tellement insultée.

Je ne sais pas quoi lui

répondre.

— C'est insensé, David !

crie Alice. Ça fait des années

qu'on joue ensemble.

Ce n'est pas parce que

tu as grandi que tu as le droit

de t'en prendre à Mimi.

— Je ne m'en prends pas
à elle, répond David,
contrarié.

Ça ne me dérangeait pas
avant. Mais on a tous grandi,
sauf elle.

Alors ça ne fonctionne plus.

Tout le monde recommence
ensuite à jouer. Je ne me
joins pas à eux cette fois.
Je me sens mal, car je sais
que David a raison.

Suis-je vraiment trop petite pour jouer au soccer ?

Je l'ai remarqué à quelques reprises, ce qui signifie que Jacob et Alice l'ont probablement remarqué aussi. Ils prennent ma défense parce qu'ils sont mes amis.

David a raison pour une fois. Les autres sont beaucoup plus rapides que moi.

Je reste immobile comme une vraie perdante, le visage en feu, pendant que les autres se disputent.

J'essaie de m'imaginer ce que serait l'école

si je ne pouvais plus jouer
avec mes amis. C'est difficile.
Avec qui pourrais-je jouer?
À quel groupe pourrais-je
m'intégrer? Quelle sera
maintenant ma motivation
à aller à l'école le matin?

Chapitre
trois

Je ne peux plus jouer

avec mes amis pendant

la récréation du midi.

Ils continuent de jouer

sans moi. J'ai l'impression

d'avoir été rejetée du groupe

tandis que les autres en font
encore partie. Je n'ai plus
ma place.

Au moins, Alice semble
s'ennuyer de moi.

— Ignore David, dit-elle.
Tu n'es pas obligée d'arrêter
de jouer parce qu'il dit
que tu es lente.

Elle me dit qu'elle va arrêter
de jouer si je le lui demande.
D'un côté, c'est ce que

je souhaite, mais d'un autre côté, ce ne serait pas juste pour elle. Et de toute façon, les sports qui se pratiquent à deux sont rares.

Je me sens vraiment seule lorsque j'entends Alice jouer avec les autres. Les histoires absurdes et les blagues qu'elle raconte pendant nos parties me manquent.

Comparées à Alice,
les autres filles sont vraiment
ennuyantes.

Je me suis assise
avec certaines d'entre elles
ce midi. Elles ne font
que parler. Elles s'installent
parfois sur le module
à grimper, mais elles ne font
rien d'autre que s'asseoir
et parler !

Il y a un groupe de garçons
qui jouent au soccer, mais
ils ne suivent jamais les règles.
Ce n'est qu'une excuse
pour pouvoir se bousculer
– ils sont toujours rendus
à l'infirmerie pour se faire
soigner.

Puis, un jour, je décide
de ne pas parler à personne
pendant la récréation
du midi. Je passe près

d'une heure sans dire un mot, et personne ne s'en rend compte.

À la maison, maman remarque que quelque chose ne va pas.

— Est-ce que tout va bien
à l'école ? demande-t-elle.

Elle est face à moi,
à l'autre bout de la cuisine,
et elle retire deux énormes
gâteaux au chocolat du four.

Maman est une excellente
cuisinière. Elle prépare
des gâteaux pour plusieurs
commerces, dont un bistrot
situé tout près de l'école.
Lorsque nous passons

devant le bistrot le matin,

nous regardons toujours

à travers la vitrine

et apercevons sur le comptoir

les gâteaux alignés, qui ne

demandent qu'à être mangés.

 Louis, le chef cuisinier

du bistrot, soutient que

personne ne fait de meilleurs

gâteaux que maman.

Les élèves et les professeurs

disent la même chose.

Maman replace et essuie
le devant de son chandail.
Il y a toujours du sucre ou
de la farine sur ses vêtements,
peu importe le nombre
de fois qu'elle les essuie.

Je suis assise dans ma chaise
préférée avec notre chien,
Pogo. Comme c'est aussi
sa chaise préférée, nous nous
la partageons après l'école.

— Si on veut, dis-je.

— Qu'est-ce que ça veut
dire ?

Une odeur de chocolat
chaud embaume la cuisine.
Nous faisons la grimace.
Nous ne raffolons pas
de l'odeur du gâteau au
chocolat. Mon odeur
préférée est celle du gâteau
à l'orange, et maman aime
bien l'odeur du gâteau
au fromage.

On dirait que Pogo les aime
toutes. Son plus grand rêve
serait que ma mère trébuche
et échappe le gâteau
sur le sol. Il la regarde
attentivement en remuant
le museau.

Je décide de me confier
à maman.

— Plus personne ne veut
jouer avec moi pendant
la récréation du midi. David

dit que je suis trop petite
et trop lente. C'est Laurie qui
a pris ma place, maintenant.

Le fait d'en reparler me met
tout à l'envers, et mes yeux
s'emplissent d'eau. Je frotte
mes yeux et je caresse Pogo
pendant que j'attends
sa réponse.

Maman sait me remonter
le moral, et elle sait aussi
à quel point j'aime

la récréation du midi.

Elle regarde sa liste de gâteaux

à préparer en plissant le front.

Je crois qu'elle ne porte pas

attention à ce que je dis.

Pogo pose son regard sur moi. Ses yeux bruns semblent inquiets. Il s'avance vers moi puis lèche mon nez.

Maman lève la tête.

— Eh bien, je ne m'inquiéterais pas, dit-elle. C'est probablement parce que David a grandi trop vite et qu'il ne pense qu'à lui-même.

— Les raisons pour lesquelles il a dit ça me sont égales, maman. Il m'a rejetée.

Le téléphone sonne. C'est Louis qui appelle du bistrot. Maman prend la liste des commandes et discute avec lui.

À quoi ça sert d'en parler?

Je descends de la chaise, je prends Pogo dans mes bras puis je sors à l'extérieur.

Chapitre quatre

Aujourd'hui, je décide
de passer la récréation
du midi à la bibliothèque.
Le temps passera peut-être
plus vite ici, loin de l'aire
de jeux.

Madame Blais,

notre bibliothécaire,

est en congé de maternité.

C'est une nouvelle

bibliothécaire, madame

Dumais, qui la remplace

jusqu'à son retour.

Nous sommes seules

dans la bibliothèque.

J'observe madame Dumais

se déplacer entre les rayons

et regarder les livres

attentivement à travers

ses lunettes. Madame Dumais

est petite. Elle ressemble

à une version adulte de moi.

Pour atteindre les livres situés

sur les deux dernières

étagères, elle doit se hisser

sur un tabouret.

Je détourne mon regard

au moment où elle lève

la tête. Je n'ai pas envie

de parler et je ne veux

répondre à aucune question.

Je voudrais faire avancer

le temps.

   Il fait très chaud.

Au plafond, les pales

des ventilateurs tournent

lentement. Je feuillette le livre

que je fais semblant de lire.

   Je tourne une autre page.

C'est à propos des chiens.

J'adore les chiens, mais pas

au point de lire des livres

à leur sujet pendant l'heure

du dîner.

À l'extérieur, j'entends

le brouhaha de la cour

de récréation. Je regarde

Personne
ne va me voir dans
la bibliothèque.

dans la direction opposée
afin de ne pas voir ce qui
se passe.

— Bonjour !

Oh non ! C'est madame
Dumais. Lorsque je lève
la tête, j'aperçois mon reflet
dans ses lunettes. J'ai l'air
si petite parmi les tables
et les chaises.

Elle observe mon livre.

— Tu aimes les chiens ?
demande-t-elle.

Je hoche la tête.

Je suis sur le point de lui
parler de Pogo lorsque
je réalise que je ne la connais
pas bien. Et en plus, je n'ai
pas envie de parler.

Madame Dumais tire
une chaise et s'assoit face
à moi, ce que j'aurais préféré
qu'elle ne fasse pas.

— Tu t'appelles Émilie,

n'est-ce pas? demande-t-elle.

Je te vois souvent jouer

à l'extérieur pendant

la récréation du midi.

— Ouais, c'est ça. Je jouais

à l'extérieur avant, dis-je.

Elle enlève ses lunettes,

les replie puis les dépose

sur la table entre nous deux.

Ses mains sont aussi petites

que les miennes.

Elle me regarde  attentivement. Ça me rend mal à l'aise.

— Alors, pourquoi es-tu ici aujourd'hui ?

— Oh, j'avais envie d'être ici, lui dis-je en essayant d'avoir l'air heureuse.

C'est un mensonge, mais c'est un mensonge inoffensif. C'est beaucoup plus simple que de devoir tout lui

Elle ne peut pas m'aider.

expliquer. De plus, elle n'aurait pas pu m'aider.

Rien ne peut changer ce qui est arrivé.

— Tu sais Émilie, dit-elle, certains élèves viennent passer l'heure du dîner ici

parce qu'ils aiment cela,
mais je doute que ce soit
ton cas. Tu as regardé
la table des matières pendant
cinq minutes.

Elle sourit, et je ne peux
m'empêcher de lui sourire
en retour.

— Parfois, les gens viennent
à la bibliothèque lorsqu'ils
n'aiment plus jouer
à l'extérieur. C'est facile de

se cacher dans un endroit
comme celui-ci.

Je penche la tête vers le livre
tandis qu'elle continue
de parler.

— Je ne te connais pas aussi
bien que madame Blais,
mais je crois que tu es le type
de personne qui préférerait
être en train de jouer
à l'extérieur plutôt que
de se cacher ici.

C'est exactement ce que je tentais d'éviter. Tous mes problèmes reviennent me hanter. Pourrait-elle me laisser lire en paix?

Je jette un coup d'œil à l'horloge. Seulement quelques minutes se sont écoulées depuis la dernière fois que je l'ai regardée. Et madame Dumais qui refuse d'abandonner.

— Je vais faire un marché avec toi, Émilie. Tu me dis pourquoi tu es ici plutôt qu'à l'extérieur, et je te promets de trouver un livre dans cette bibliothèque qui pourra t'aider. Je ne connais rien au sport, si tel est le problème, mais plusieurs personnes dans ces livres s'y connaissent. Ensemble,

nous trouverons une solution
à ton problème.

Existe-t-il un livre qui puisse
me faire grandir plus vite?
J'en doute.

Mais madame Dumais
me regarde avec optimisme.
J'imagine que je n'ai rien
à perdre.

Chapitre cinq

Je n'ai pas revu madame
Dumais depuis notre
rencontre de la semaine
précédente. Je sais pourquoi,
maintenant – elle a quitté
l'école vendredi.

Lors d'une réunion, notre directeur, monsieur Robert, nous explique qu'elle a dû quitter l'école pour prendre soin de sa mère qui est subitement tombée malade. Madame Blais reviendra plus tôt de son congé de maternité, mais il n'y aura pas de bibliothécaire pendant quelques semaines.

Je suis un peu déçue.
Madame Dumais était
gentille. Et en plus, nous
avions conclu un marché.
Je ne crois pas qu'elle aurait
pu m'aider, mais j'espérais
qu'un miracle survienne.

Tandis que nous retournons
en classe, monsieur Robert
m'interpelle.

— Bonjour Mimi, dit-il.
Tu aimes toujours les sports ?

Il me pose tout le temps cette question. De toute évidence, il n'est pas au courant de ce qui s'est passé. Il pose ensuite la même question à David, qui est juste derrière moi. Je crois qu'il trouve cela amusant de nous voir pratiquer des sports ensemble, David et moi.

Mais c'était avant.

Nous continuons

de marcher lorsque, soudain,

monsieur Robert m'interpelle

de nouveau. Il a l'air songeur.

— Je viens de me souvenir

de quelque chose, Mimi.

Tu devrais venir

dans mon bureau.

Qu'est-ce que j'ai fait

de mal ?

Il n'a pas l'air fâché,

mais, en temps normal, il y a

une raison pour qu'un élève
soit obligé de se rendre au
bureau de monsieur Robert.

Je l'accompagne
à son bureau puis j'attends,
debout contre le mur,
pendant qu'il parcourt
une pile de papiers.

Il y a des piles de papiers
partout dans son bureau.

Il semble chercher quelque
chose en particulier.

Va-t-il me suspendre ?

Il a peut-être trouvé une note

qu'Alice et moi nous sommes

échangée.

— Ah ! Ah ! La voilà !

s'exclame-t-il en retirant

une enveloppe de la pile

de papiers. Plusieurs feuilles

tombent sur le sol.

— C'est pour toi, dit-il

en me tendant une enveloppe

jaune.

— Qu'est-ce que c'est ?

ai-je demandé, nerveuse.

— Madame Dumais

m'a demandé

de te transmettre ceci.

Je lui ai promis de

le faire, mais j'ai failli oublier.

Une chance que je t'ai vue

ce matin.

Je glisse la main dans

l'enveloppe. C'est un livre.

J'aurais dû m'en douter.

C'est un vieux livre, et il y a
la photo d'un joueur
de hockey sur la page
couverture.

— Le hockey ! s'écrie
monsieur Robert en me

regardant d'un air intéressé.

Je croyais que madame

Dumais n'était pas attirée

par le sport, mais j'avais tort.

Et toi, Mimi ? Comptes-tu

abandonner le soccer pour

te lancer dans une nouvelle

discipline sportive ?

Pendant ce temps,

je regarde le livre

en me posant la question :

le hockey ? Eh bien, madame

Dumais a dit qu'elle

ne connaissait rien au sport.

Elle croit peut-être

que le soccer et le hockey

sont deux sports

qui se ressemblent.

   Monsieur Robert vient

à côté de moi.

   — Sais-tu qui est le joueur

sur la page couverture ?

demande-t-il.

Je regarde la photo
attentivement. Je ne crois pas
l'avoir déjà vu à la télévision.

— C'est Maurice Richard,
dit-il. C'est l'un des plus
grands joueurs de hockey
de tous les temps.
L'aréna Maurice-Richard,
à Montréal, a été nommé
en l'honneur de ce Québécois.
Il est le premier joueur
de l'histoire à avoir remporté

cinq coupes Stanley

consécutives.

— Qu'est-ce que c'est,

une coupe Stanley ?

— Il s'agit du trophée

qui est remis chaque année

à l'équipe qui remporte

le championnat.

Il en a remporté huit

au cours de sa carrière !

— Oh !

Je ne sais pas quoi d'autre

répondre.

Madame Dumais n'a

vraiment aucune connaissance

des sports. Mais je suis flattée

qu'elle se soit souvenue de moi.

Je crois comprendre.

Maurice Richard pratiquait

peut-être d'autres sports?

Le téléphone de monsieur

Robert se met à sonner.

Il décroche le combiné.

— Oh bon sang ! s'exclame-t-il d'un air surpris. J'ai failli oublier. J'arrive tout de suite.

Il fait tomber une pile de papiers qui se trouve sur son bureau en raccrochant le combiné.

— Je dois y aller, Mimi, dit-il. J'ai promis aux cuisinières de les aider à préparer les crêpes ce midi.

Il baisse la tête et soupire.

— Oh ciel ! Je n'ai pas choisi la meilleure journée pour porter mon plus bel ensemble.

Nous sortons de son bureau puis monsieur Robert verrouille la porte.

— Bonne chance avec le hockey ! dit-il en s'éloignant.

Chapitre
six

Pogo et moi sommes assis

sur notre chaise préférée.

J'ai pris le livre de madame

Dumais avec moi.

En apercevant la page

couverture, maman s'arrête de marcher.

— Tu lis un livre sur Maurice Richard ? demande-t-elle.

— Qu'est-ce qui te fait croire ça ? dis-je.

— Eh bien, c'est lui sur la page couverture, non ?

— Oui, mais comment se fait-il que tu connaisses Maurice Richard ?

Je suis étonnée.

Comment se fait-il que maman connaisse Maurice Richard ?

Maman ne connaît rien

au sport. Lorsqu'elle regarde

la télévision, elle semble

toujours ignorer de quel

athlète il s'agit, même s'il est

debout à côté d'une piscine

pour vanter les mérites
d'une marque de céréales.

— On avait un livre sur lui
à la maison quand j'étais
jeune, dit-elle. C'était
une vedette.

— Est-ce qu'il jouait aussi
au soccer? ai-je demandé
à maman.

— Pas à ma connaissance,
répond-elle. Est-ce pour
un travail à l'école?

— Non. La bibliothécaire
a cru bon que je le lise.
Je l'ai rencontrée la semaine
dernière pendant l'heure
du dîner. Elle a quitté l'école
depuis, mais elle a demandé
à monsieur Robert
de me le transmettre.

Maman me lance un regard
– cette façon qu'ont
les mamans de nous regarder
lorsqu'elles viennent

d'apprendre quelque chose
de surprenant.

— Tu as passé l'heure
du dîner à la bibliothèque ?

Elle marque une pause.

— C'est donc comme ça
que tu comptes régler
tes problèmes ?

Elle s'en souvient !

Et moi qui pensais qu'elle
ne m'écoutait pas !

— Bien, je crois que
c'est ce que je devais faire.
Cependant, je ne vois pas
comment ça va m'aider.
Madame Dumais a dû
confondre les deux sports.

Maman prend le livre.

— Elle l'a peut-être choisi
pour une autre raison,
dit-elle. Regardons-le
ensemble.

Un bout de papier tombe

sur le sol au moment

où elle ouvre le livre.

Je repousse Pogo puis

je saisis la feuille.

C'est une note de madame

Dumais.

Chère Émilie,

Je me rappelle qu'il y a plusieurs années
Maurice Richard a eu des problèmes qui
auraient pu l'empêcher de jouer au hockey.
Mais il les a surmontés, et il est devenu
le champion que l'on connaît. C'est le seul
livre que j'ai réussi à trouver à son sujet.
Le problème en question est cité à la
page 37. J'espère que cela t'aidera.

Bonne chance,

Madame Dumais

N. B. Il était petit pour un joueur de hockey.

Nous tournons les pages
jusqu'à la page 37.
Nous y apprenons que
Maurice Richard s'était cassé
une jambe au début
de sa première saison.
Les gens croyaient qu'il n'était
pas assez solide pour jouer
au hockey dans la ligue
nationale, car il a été blessé
à plusieurs reprises.

Pour éviter que
ses adversaires le frappent
et lui infligent des blessures,
Maurice Richard a développé
une rapidité exceptionnelle.
Il parvenait à traverser
la patinoire et à se retrouver
face au gardien adverse sans
se faire toucher. La plupart
du temps, il terminait
sa course en marquant
un but.

Sa grande vitesse et la puissance de son tir l'ont rendu célèbre. Il est devenu le champion que l'on connaît.

— C'est bien intéressant tout ça, mais je ne vois pas comment ça peut m'aider.

— Moi si, répond maman. Cela signifie que, si tu connais tes faiblesses, tu peux travailler pour les éliminer.

— Mon problème, c'est que je suis petite. Comment est-ce que je peux éliminer ça ?

— Non, ce n'est pas ça le problème. Le problème, c'est que tu ne cours pas assez vite. Tu ne peux pas changer ta taille – pas maintenant, du moins – mais tu peux probablement t'entraîner à courir plus vite.

Il s'agit simplement de savoir

comment.

— Avec des leçons

de course ?

— Exactement, dit maman.

— Avec un entraîneur

privé ?

— Ouais.

Mon propre entraîneur !

C'est une excellente idée !

Je me lève puis je serre

maman très fort dans

C'est
une excellente
idée !

mes bras. Je saute sur place

comme une enfant

de trois ans. Pogo se joint

à nous et se met à aboyer.

— C'est formidable ! Qui

sera mon entraîneur privé ?

Maman me regarde.

Elle sourit en posant

les mains sur les hanches.

— Elle est juste devant toi.

Chapitre
sept

De toute évidence, maman me fait une blague. Mais elle affiche un grand sourire, comme si elle était sérieuse. Mon rêve d'avoir mon entraîneur – un vrai entraîneur avec des vêtements de sport

et un chronomètre –

s'effondre.

Même Pogo semble sentir

que quelque chose ne va pas.

Il nous regarde

successivement, maman

et moi, avant d'aller

se coucher à côté de son bol

de nourriture.

— Est-ce que c'est

une blague ? dis-je.

— Non ! Je ne ferais jamais de blagues à propos de quelque chose d'aussi important, répond maman.

— Mais tu as dit que j'aurais mon entraîneur, et maintenant, tu me dis que je n'aurai pas mon entraîneur.

— Mais non ! J'ai dit que *je* serais ton entraîneuse. Ça adonne que je m'y connais un peu en course.

— Toi ?

— Oui, moi. Je sais
qu'à tes yeux je ne suis
qu'une maman obèse
qui cuisine des gâteaux.
Et j'avoue que je ne sais pas
reconnaître les vedettes
sportives lorsque je les vois
à la télévision. Mais,
il y a plusieurs années,
j'étais l'une des coureuses
les plus rapides de mon école.

Évidemment, j'étais plus

mince à cette époque.

— Ma mère,

une championne de course ?

C'est impossible !

Ma mère - qui passe

ses journées à cuisiner

les meilleurs gâteaux

du monde, qui essuie

de la farine sur son chandail

et qui se plaint que

son ventre grossit ?

C'est certainement la mère

la *moins* susceptible d'avoir

été une championne

de course.

Les mots me manquent.

— Pourquoi est-ce que

tu ne me l'as jamais dit ?

— Parce que tu ne me l'as pas demandé ! Et en plus, ça n'a pas été un évènement marquant de ma vie. J'étais une bonne coureuse, mais ce n'était pas ma passion. Lorsque j'ai appris à cuisiner, j'ai complètement abandonné la course.

Je ne peux me retenir de la fixer des yeux. Elle porte ses vêtements amples

de tous les jours, ceux

qu'elle aime porter parce

qu'elle croit qu'ils camouflent

ses formes. Il y a la tache

de farine habituelle, ou

peut-être est-ce du sucre,

sur le devant de son chandail.

Elle a un visage rond,

et ses cheveux crépus sont

attachés, comme à l'habitude.

J'essaie de me l'imaginer
jeune et mince, courir vite
et remporter des courses.

Mais je n'y arrive pas.

— Crois-tu que j'ai cuisiné
des gâteaux durant toute
ma jeunesse ? demande-t-elle
en souriant.

— J'imagine que non,
dis-je. Mais secrètement,
je pense le contraire.

C'est étrange de découvrir
de nouveaux aspects de la vie
de ma mère, d'apprendre
qu'elle était une personne
vraiment différente
avant d'être une maman.

Je me demande
quelles autres surprises
elle me réserve et
ce que je pourrais apprendre
de plus sur elle. Je n'aime pas
cette sensation. Je l'aime

comme elle est, et l'idée

qu'elle pourrait changer

m'effraie.

Maman enroule ses bras

autour de ma taille.

Elle dégage une odeur

réconfortante : chaude

et sucrée. Je me sens mieux.

Elle se détache tout à coup

de moi.

— On commence demain,

dit-elle d'un ton sévère.

On va d'abord t'acheter

de bonnes espadrilles,

et ensuite, on ira s'entraîner

à la piste de course du parc.

— Est-ce qu'on pourra aussi

acheter un chronomètre ?

Elle rit.

— Bien sûr. Je ne serais pas

une vraie entraîneuse

sans un chronomètre.

Maman et moi discutons

de course pendant le souper.

Lorsque je vais au lit, je nous imagine en train de courir vite au parc.

Je m'imagine ensuite faire une course contre David, et la remporter ! Ou bien, je me vois devenir célèbre et aider les petites filles lentes à remporter des courses.

Je pourrais devenir une vedette comme Maurice Richard ! Mais la pensée

Si je pouvais
courir vite...

qui me rend le

plus heureuse,

c'est celle

de pouvoir m'amuser

de nouveau avec mes amis et

de recommencer à apprécier

la récréation du midi.

Je prends soudain

conscience que tout ça va

dépendre des compétences

d'entraîneuse de maman.

Chapitre
* huit *

Si je croyais que d'avoir

maman comme entraîneuse

serait une partie de plaisir,

j'avais tort. Elle est *tellement*

exigeante ! Si elle était

professeur, ses élèves

passeraient leurs journées
à pleurer. Je suis heureuse
qu'elle ait plutôt choisi
de cuisiner des gâteaux.

Nous avons malgré tout
du plaisir à acheter des
espadrilles et un chronomètre
au magasin. Certaines
espadrilles sont tellement *cool*
que je me consacrerais
à la course juste pour
en posséder une paire.

Maman a toutefois autre

chose en tête, et elle finit

par m'en acheter une paire

ordinaire qui, selon elle,

conviendra parfaitement

à mes besoins.

Nous allons au parc

tous les jours, même s'il pleut.

C'est Pogo qui en profite.

C'est très difficile

pour maman et moi.

Maman court à mes côtés et

elle analyse tout ce que

je fais.

La plupart du temps,

elle crie après moi de la ligne

de départ à la ligne d'arrivée.

Puis, elle dit doucement :

— C'était bien, Mimi.

Tu t'améliores chaque jour.

Elle avait raison lorsqu'elle

disait savoir comment

m'aider à courir plus vite.

Je croyais que la course,

c'était une façon de marcher, mais plus vite.

C'est facile de courir, mais, pour courir vite, il faut savoir faire les bons mouvements.

Je n'avais jamais pensé à ça auparavant. Maman dit que j'avais l'habitude de tourner les bras comme des éoliennes. Maintenant, je les balance de l'avant vers l'arrière, ce qui me permet de courir plus vite. J'ai

également appris à atterrir

sur la demi-pointe des pieds.

En appliquant ces trucs,

je suis parvenue à supprimer

dix secondes à mon temps.

Alice est la seule autre

personne qui soit au courant

de mon plan. Je lui fais jurer

de garder le secret.

Je lui en parle pendant

que nous faisons semblant

de travailler dans la classe

ou durant la récréation.

— C'est ta mère qui

t'entraîne? dit-elle, l'air aussi

étonnée que moi au moment
où maman m'a soumis
son idée.

— Ouais, il paraît
qu'elle était très douée
pour la course. Quand on va
au parc, elle crie après moi
sans arrêt, comme une vraie
entraîneuse.

Je lui raconte ensuite
à propos de madame Dumais
et de Maurice Richard,

et je lui explique à quel point
je me suis améliorée.

— Waouh ! C'est formidable !
Elle est enchantée.

— Tu sais, ce n'est plus
aussi amusant depuis que
tu ne joues plus avec nous.
David et Jacob se bagarrent
tout le temps, et plus
personne ne suit les règles.
Ça va de mal en pis. Parfois,
quand je t'aperçois assise

avec Camille et les autres

filles, j'aimerais être avec toi.

— Et moi, je ne demande

qu'à jouer avec vous,

lui dis-je.

J'avais étonnamment

plus de plaisir avec les filles

que je ne l'avais cru

au départ. Ce n'est pas aussi

amusant que de jouer

avec mes amis, bien sûr,

mais elles ont parfois

des sujets de conversation intéressants. Elles ne parlent pas uniquement de vêtements.

— Tu devrais te joindre à nous de temps en temps, lui dis-je. Elles croient que tu es très drôle.

— Peut-être. Mais pourquoi est-ce que tu ne reviendrais pas plutôt jouer avec nous? demande Alice.

J'y pense souvent. J'aimerais
pouvoir jouer avec mes amis,
mais je ne veux pas revenir
et recommencer à jouer
comme si de rien n'était.

J'essaie d'expliquer
mon point de vue à Alice.

— Je veux que tout le monde
sache ce que j'ai fait.
Lorsque je vais recommencer
à jouer, David va
probablement s'apercevoir

que je ne suis plus aussi lente,
mais il ne se doutera pas à
quel point je peux courir vite.

Alice a l'air étonnée.

— David ne pense pas.
Je ne vois pas pourquoi
il se mettrait à penser
maintenant.

Elle a raison. Ça m'est égal
ce que David peut penser
- ou ne pas penser. Maman
et moi avons travaillé si fort

au parc que j'aimerais que tout le monde voit le résultat.

Alice fait basculer sa chaise vers l'arrière en mâchouillant son crayon.

— On a besoin d'un plan, dit-elle, pensive. On doit trouver une façon de prouver aux autres à quel point tu es rapide pour ne plus jamais qu'ils croient que tu es lente.

Un plan ! C'est exactement
ce qu'il nous faut.

Lentement, Alice redresse
sa chaise, se retourne
vers moi puis me regarde
dans les yeux.

— J'ai une idée ! dit-elle
d'un air triomphant.

L'expression de son visage
change soudainement.

— Oups ! dit-elle
en regardant par-dessus
son épaule.

Monsieur Robert est
dans la salle de classe.

— Ne devriez-vous pas être
à l'extérieur, les filles ? dit-il
gaiement. Ce n'est pas dans

vos habitudes de rester

enfermées à l'intérieur

et de bavarder.

Nous nous levons et sortons

à l'extérieur.

— Comment va le hockey,

Mimi? demande monsieur

Robert au moment

où on passe près de lui.

Comme à l'habitude,

Alice répond à ma place.

— Oh, Mimi ne joue pas au *hockey,* monsieur Robert. C'est une championne de course. Vous allez voir.

Chapitre neuf

Le plan d'Alice est

intéressant ! Il est très simple

et ne peut échouer.

En réalité, c'est ce que j'ai

d'abord cru. Même maman

croyait que c'était un bon

plan. Mais, en ce moment,

je ne pense pas que ce soit

une si bonne idée.

En fait, je viens de me

rendre compte que c'est

le pire plan de tous les temps

– et je ne peux plus reculer.

Je suis en position de

départ sur la piste de course.

Dans le cadre de la Journée

sportive, je me suis inscrite

à la course la plus importante

de l'année : le 400 mètres
féminin. C'est la seule course
dont les gens se souviennent.
La gagnante remporte
un trophée.

Selon le plan d'Alice,
je n'ai qu'à courir vite
pour prouver que je ne suis
pas trop petite pour devenir
une bonne coureuse.
Ce n'est pas très difficile.

Cependant, mon entraînement avec maman et Pogo ne m'a pas préparée à cela. Mes jambes ✿ tremblent, j'ai de la difficulté à respirer, et j'attends impatiemment que madame Toupin donne le signal.

Je lève la tête puis j'aperçois maman à son kiosque à gâteaux. Elle m'envoie la main et me souffle

un baiser. Alice, qui est
à côté d'elle, m'envoie aussi
la main.

Je suis entourée des filles
qui remportent toujours
les courses. La plupart sont
plus vieilles que moi,
elles sont toutes plus grandes
que moi, certaines peuvent
courir très vite, et aucune
d'entre elles ne semble être
nerveuse.

Madame Toupin jette un coup d'œil à son chronomètre.

— OK, les filles, dit-elle. Ça y est.

— À vos marques ! Prêtes ? Partez !

Je m'élance sur la piste de course. Je me répète les paroles de maman dans ma tête.

Faire de grandes enjambées. Relaxer. Regarder devant moi. J'y suis ! J'y suis ! J'y suis !

J'essaie de ne pas penser à mes pieds. Je vole. C'est tout juste si je touche le sol.

Du coin de l'œil, j'aperçois les parents et les enfants défiler rapidement. Je ne vois que la ligne d'arrivée.

Je dois m'y rendre,
c'est tout ce qui compte.
J'entends les autres filles
haleter et marteler le sol
à mes côtés. C'est
ma chance. Je dois
remporter cette course !
Je redouble d'efforts, je cours
comme jamais auparavant.
Une fille me dépasse, mais
je la vois à peine. Je fixe mon
regard sur la ligne d'arrivée.

Je l'ai traversée !

Maman et Alice sautent

de joie !

Nous rions et pleurons

en même temps. Les gens

s'attroupent autour de nous

et me donnent des tapes

dans le dos.

— Mimi, tu es arrivée en

deuxième position ! crie Alice

en sautant dans les airs.

Tu es une légende !

Tu as presque battu Sara.

Sara est la plus rapide.

C'est d'ailleurs elle

qui m'a dépassée

dans les derniers mètres.

Monsieur Robert vient

me voir et me serre la main.

— Eh bien, Mimi. Le soccer,

le hockey, et maintenant

la course ! Il n'y a rien

qui puisse t'arrêter.

— Maman m'a aidée, dis-je
en haletant. Et madame
Dumais aussi.

Il sourit sans trop
comprendre.

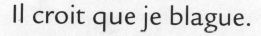

Il croit que je blague.

— Vos gâteaux sont
excellents cette année,
madame Paquin, dit-il
à maman avant de tourner
les talons.

J'ai réussi !

Je serre maman
dans mes bras.

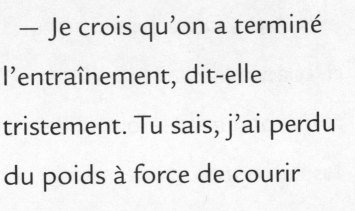

— Je crois qu'on a terminé
l'entraînement, dit-elle
tristement. Tu sais, j'ai perdu
du poids à force de courir
à tes côtés.

— Non ! On doit continuer.
C'est amusant, et en plus,
Pogo adore ça. Tu pourrais
peut-être maintenant courir
avec moi ?

Maman a l'air d'hésiter,
et avant qu'elle puisse
répondre, David vient nous
rejoindre. Il a du chocolat
tout autour de la bouche
et des morceaux de gâteau
au coin des lèvres.

Nous nous demandons tous ce qu'il va dire.

— Excellent gâteau au chocolat, madame Paquin, dit-il en essuyant sa bouche avec la manche de son chandail.

— Merci David, répond maman. Mais qu'as-tu pensé de la course de Mimi?

— Oh oui, c'était une excellente course, dit-il.

Félicitations, Mimi !

Tu surclasseras probablement
Sara l'année prochaine.

Il s'éloigne en mangeant.
Nous sommes tous bouche
bée.

— Tu sais, je m'attendais
à ce qu'il dise quelque chose
d'intelligent, lance Alice
en s'esclaffant.

Chapitre
dix

Selon notre plan, la Journée

sportive devait résoudre

mon problème. J'allais

prouver que je pouvais être

rapide, et j'allais pouvoir

recommencer à jouer

avec mes amis le midi suivant.
C'était simple.

Nous avions cependant
oublié un détail. En fait,
nous avions oublié de tenir
compte de quelqu'un :
Laurie.

Ça fait déjà six semaines
que Laurie a pris ma place.
Alice dit qu'elle est bonne,
mais qu'elle n'est pas aussi
douée que moi pour inventer

de nouvelles règles

ou séparer David et Jacob

lorsqu'ils se bagarrent.

   Pendant la récréation

du midi, Laurie fige

et me regarde tandis que

je me dirige vers l'aire de jeux.

Elle semble inquiète.

   — Hé, regardez!

Mimi est de retour, crie Alice

en courant vers moi.

David prend le ballon
et le lance directement
sur ma poitrine. Je crois que
c'est sa façon de me montrer
qu'il est heureux
de mon retour.

— Salut Mimi ! dit Jacob
en m'envoyant la main.

— Mimi est de retour !
Mimi est de retour !
répète sans cesse Alice
en sautant d'excitation.

— Ouais, ouais. Du calme, dit David. La Terre ne s'est pas arrêtée de tourner parce que Mimi n'a pas joué avec nous pendant six semaines.

— Eh bien, *je* crois que si, dit Alice en le regardant et en posant les mains sur ses hanches.

— Ah, les filles ! s'exclame David en roulant les yeux.

Vous faites toujours un plat avec un rien. Le jeu s'est poursuivi. Quel est le problème ?

Il s'apprête à tourner les talons lorsqu'il aperçoit Laurie.

— Oh, tu peux partir maintenant, Laurie, dit-il. Mimi est de retour, alors on n'a plus besoin de toi.

— David ! crions Alice
et moi en chœur.

— Quoi ?

— Il est hors de question
que Laurie s'en aille
parce que Mimi est de retour,
explique Alice.

David a l'air perplexe.

— Pourquoi pas ?

La règle ne permet

que quatre joueurs,

et on est maintenant cinq.

Quelqu'un doit partir.

— On sait compter, David,

dit Alice. Ce n'est pas le point.

— Alors, quel est le point ?

demande David. Qu'est-ce

que vous voulez dire,

plus précisément ?

Alice soupire.

— David, oublie le nombre

de joueurs. Ce qu'on essaie

de te dire, c'est que Laurie

fait maintenant partie

de la bande. Elle est bonne

et elle aime jouer avec nous.

Je veux qu'elle reste.

— Moi aussi ! dis-je.

Je sais *parfaitement* comment

on se sent lorsqu'on passe

l'heure du dîner loin

de ses amis et des jeux
qu'on aime. Par le passé,
Laurie venait souvent
nous regarder jouer.
Elle voulait se joindre à nous.
Je ne savais pas ce qu'elle
pouvait ressentir à ce moment.
Je le sais maintenant.

Pendant ce temps, Laurie
attend que tout s'arrange,
comme je l'ai fait au cours
des six dernières semaines.

— Il n'y a aucune règle qui
nous oblige à nous limiter
à quatre joueurs, dis-je.
En fait, si, il y en a une
en ce moment – mais c'est
parce que c'est moi qui l'ai
inventée. Je pourrais établir
de nouvelles règles et
modifier ce point. De toute
façon, on pourrait facilement
jouer à cinq. ✽

— Tu pourrais faire ça, Mimi? s'empresse de dire Laurie. J'aimerais *beaucoup* jouer avec vous.

— Pas d'autres règles? dit David en soupirant. J'arrive à peine à mémoriser les dernières.

— Ne t'inquiète pas, elles seront simples.

— *Très* simples, marmonne Alice.

Nous ricanons.

— Une minute ! dit David. Ça signifie que vous serez trois filles et qu'on sera seulement deux gars...

— Ouais, répondons Alice, Laurie et moi en chœur.

David et Jacob se regardent.

— Moi ça me va ! dit Jacob en haussant les épaules. On va les battre même si elles sont plus nombreuses

que nous ! Ça n'a pas
d'importance.

— Ouais, tu as raison, dit
David avant de se diriger vers
la piste de course avec Jacob.

— Nous battre ! Hein ?
Vous vivez sur quelle
planète ? dit Laurie.

— J'ai presque pitié d'eux,
ajoute Alice.

Je dois maintenant penser
aux nouvelles règles que

je souhaite inventer. J'ai hâte !

C'est tellement plaisant

d'être de retour. Il est évident

qu'ils ont besoin de moi.

Nous parvenons à entendre

David et Jacob au loin.

Ils ont déjà recommencé à

se disputer. Je n'aurais jamais

pensé me réjouir de cela.

Les choses sont de retour

à la normale. Exactement

comme j'aime qu'elles soient.

Je consulte ma montre.

La récréation du midi passe

rapidement. Nous devons

nous dépêcher à commencer

la partie. Je tiens le ballon

au dessus de ma tête.

— Au jeu ! dis-je.

❋

C'est le temps de compter un autre but !

Vacances en famille

PAR

ROWAN McAULEY

Traduction de VALÉRIE MÉNARD

Révision de GINETTE BONNEAU

Illustrations de DANIELLE McDONALD

Infographie de DANIELLE DUGAL

Chapitre
un

Aurélie joue du saxophone
dans sa chambre.
Elle répète, pour l'harmonie
de l'école, une nouvelle pièce
difficile à jouer.

Elle est si concentrée
qu'elle ne se rend pas compte
que sa mère est entrée
dans sa chambre. Lorsque
celle-ci s'avance devant
le lutrin, Aurélie sursaute
et souffle un son discordant
dans son saxophone.

— Maman ! crie-t-elle.
Ne me fais plus sursauter
comme ça !

Sa mère soupire.

— Bon, toi aussi ! Lucas vient de me dire la même chose.

Aurélie regarde en direction de la porte, derrière sa mère. Elle aperçoit son petit frère qui lui sourit. Il lève le pouce dans les airs tout en replaçant son appareil auditif à l'aide de son autre main.

— C'est *cool*, hein ? dit-il.

Aurélie se tourne
vers sa mère.

— Qu'est-ce qui est *cool* ?
Que se passe-t-il ?
Je t'ai déjà demandé
de ne jamais m'interrompre
quand je répète.

— C'est que... commence
sa mère.

Mais avant qu'elle puisse
ajouter quoi que ce soit,
Lucas lui vend la mèche.

— Nous partons en voyage !

— C'est vrai ? répond
Aurélie en déposant
son saxophone.

Lucas dit toujours
des bêtises, et elle croit
que c'est une autre
de ses mauvaises blagues.

— Quand ? Où ?
Et pourquoi ?

Sa mère sourit.

— Ça s'est décidé
à la dernière minute.
Ton père vient de
me téléphoner pour me dire
que son patron l'envoie faire
une présentation importante
demain, au siège social
de la compagnie, tout près
de chez grand-papa
et grand-maman,
explique-t-elle. Nous avons
donc pensé que ce serait

bien de partir tous ensemble
et de faire un voyage
en famille.

Aurélie n'en croit pas
ses oreilles.

— Tu es sérieuse !
Grand-papa et grand-maman ?
Super !

Aurélie et Lucas ne voient
pas souvent leurs grands-
parents. Par conséquent,
ils se font beaucoup gâter

chaque fois qu'ils leur
rendent visite.

— Le seul problème,
poursuit sa mère, c'est
que vous avez de l'école
cette semaine, alors...

Aurélie se redresse. Non,
ne nous dis pas que c'est
impossible, la supplie-t-elle
en silence. Ne fais pas
allusion à un voyage si
nous ne pouvons pas y aller !

— J'ai déjà parlé
à Mme Laberge, ajoute
calmement sa mère. Elle est
d'accord pour que vous
vous absentiez quelques
jours cette semaine.

— Youpi ! s'écrie Aurélie
en dansant en rond.

J'ai hâte !

Lucas, qui est toujours prêt
à faire le clown, vient
la rejoindre et danse
avec elle en criant
et en tapant des mains.

Après un certain temps,
Aurélie et Lucas se calment.
Aurélie voudrait continuer
à célébrer, mais elle se rend
compte qu'elle a un tas
de questions à poser.

— Alors, Lucas, quand partons-nous? s'informe Aurélie en repoussant une mèche de cheveux de son visage.

Lucas hausse les épaules.

— D'accord. Et combien de temps partons-nous? demande-t-elle.

Lucas hausse les épaules à nouveau.

— Maman ne me l'a pas dit, répond-il. Elle voulait nous l'annoncer en même temps.

— Oh, laisse tomber Aurélie en regardant autour d'elle. Où est allée maman ?

Aurélie sort de la chambre, suivie de Lucas. Leur mère est dans sa chambre. Deux valises sont disposées sur son lit et les portes de la garde-robe sont grandes ouvertes.

— Hé, maman ! l'interpelle Aurélie. Lucas et moi, on aimerait connaître le programme du voyage.

— Pas déjà ? plaisante sa mère en souriant. Je me demandais quand vous me poseriez la question.

Aurélie et Lucas se tiennent debout à côté du lit.

Ils regardent leur mère plier
des chandails, des chemises
et une jupe, puis les déposer
délicatement dans les valises.

— Bien, dit-elle
en continuant de faire
ses bagages. La réunion
de papa a lieu tôt demain
matin, ce qui nous laisse peu
de temps pour nous préparer.

Pas de temps du tout,
en fait, songe Aurélie.

La dernière fois qu'ils ont
visité leurs grands-parents,
ils avaient conduit une
journée et une nuit entière
pour s'y rendre. Donc,
cette fois-ci, ils devront partir
avant l'heure du souper
s'ils veulent arriver à temps.

— Papa doit terminer
de préparer sa réunion ce soir.
Nous ne prendrons donc
pas la voiture, explique

la mère d'Aurélie. Nous
prendrons plutôt l'avion,
puis nous dormirons
à l'hôtel avec papa
le premier soir.

C'est incroyable ! Aurélie
n'a jamais pris l'avion.
Elle ne crie pas, elle *hurle*.

— Un *avion* ! Un *hôtel* !
Génial !

Chapitre
deux

Ce soir-là, pendant que

le père d'Aurélie travaille,

Aurélie, Lucas et leur mère

commencent à faire

leurs bagages. Ils nettoient

également la maison,

---

car leur mère aime bien

que tout soit en ordre

lorsqu'elle revient de voyage.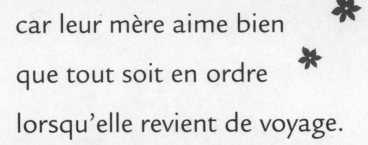

Et, bien sûr, Aurélie doit

téléphoner à ses amies

pour leur dire qu'elle sera

absente de l'école pour

les deux prochains jours,

les derniers avant

les vacances d'été.

Elle appelle sa meilleure

amie, Zoé, pendant que

sa mère regarde
dans le réfrigérateur.

— Et dire que j'ai fait
l'épicerie ce matin. Regarde-
moi ça — le réfrigérateur
est plein, et nous ne serons
même pas là pour manger
toute cette nourriture.

— Ouais, c'est dommage,
dit Aurélie en écoutant
sa mère d'une oreille distraite

tandis qu'elle attend que
Zoé décroche le combiné.

Aurélie sait que sa mère
n'aime pas gaspiller
la nourriture, mais le voyage
est beaucoup plus intéressant
qu'un sac de pain, non ?

Zoé répond enfin.

— Allo ? dit-elle en haletant,
comme si elle venait de courir
le marathon. Zoé à l'appareil.

— Allo ? Zoé à l'appareil !
se moque Aurélie. J'étais
sur le point de raccrocher.
Devine quoi ?

Aurélie se dépêche de lui
annoncer la bonne nouvelle,
puis Zoé lui répond
qu'elle va vraiment adorer
la salle de bains de l'hôtel.
Zoé a déjà séjourné dans
des hôtels. Elle rapporte
toujours de petits savons

et des minibouteilles
de shampoing de ses voyages.

Aurélie regarde l'heure
sur le four à micro-ondes.

— Il faut que j'y aille, Zoé,
dit-elle. Je dois terminer
ma valise, et je n'ai pas
encore parlé à Isabelle.

Plus Aurélie réfléchit
au voyage, et plus elle prend
conscience de tout

ce qu'il lui reste à faire.
Elle doit nettoyer l'aquarium
de sa chambre, car il sera
vraiment dégoûtant
à son retour. Elle souhaite
également ranger sa chambre
pour s'y sentir bien
lorsqu'elle rentrera. Et enfin,
elle doit téléphoner à Mia
et à Daphné pour leur dire
qu'elle ne pourra pas assister
à la soirée pyjama qu'elles

avaient organisée pour célébrer le début des grandes vacances...

Ouf! planifier un voyage est très exigeant, pense-t-elle en tirant son sac favori du dessous de son lit afin de commencer à préparer ses bagages.

Mais tous ses efforts seront récompensés. Elle prendra l'avion, dormira à l'hôtel

et passera du bon temps

avec ses grands-parents.

Elle est si heureuse et excitée

à propos du voyage qu'elle

n'a même pas rouspété

lorsque sa mère lui
a demandé de faire du
rangement dans ses affaires.

Partir en avion ! se répète
Aurélie, impressionnée.
C'est trop *cool* !

Le lendemain matin,
il est si tôt lorsque Aurélie
se réveille qu'il fait encore
nuit. Elle est heureuse
et excitée, mais pendant
une fraction de seconde,

elle ne se souvient plus

pourquoi elle se sent ainsi.

Puis soudain, ça lui revient.

C'est aujourd'hui !

songe Aurélie en souriant.

Nous partons en voyage,

et je sais que ce n'est pas

un rêve, car mon sac est là

— fin prêt à partir.

Elle saute du lit et enfile

l'ensemble qu'elle a sorti

la veille. Puis, elle traverse

le couloir en courant.

Elle peut déjà prédire

que ce sera le plus beau jour

de sa vie. Elle fera

une centaine de choses

qu'elle n'a encore jamais

faites, par exemple prendre

un taxi jusqu'à l'aéroport.

Et en plus, il lui reste encore

un billet de dix dollars

qu'elle avait reçu

à son anniversaire et qu'elle

compte bien dépenser

pendant ses vacances.

Parfait !

— Aurélie ! crie sa mère.

Peux-tu réveiller Lucas,

s'il te plaît ? Il doit déjeuner

avant qu'on parte.

L'odeur du bacon

et des champignons que

prépare son père (qui tente

de leur faire manger tout

ce qui reste dans
le réfrigérateur) embaume
la cuisine. Ça met l'eau
à la bouche ! Aurélie court
chercher son frère. Tout
se déroule comme prévu.

❀

Chapitre *trois*

Après le déjeuner,
Aurélie apporte une boîte
de légumes, du pain
et du lait à leur voisine,
Mme Camirand. Elle revient
juste à temps pour vérifier

si son sac est bien fermé
avant l'arrivée du taxi.

Aurélie a l'impression d'être
dans un rêve. Elle traverse
la ville en direction
de l'aéroport à l'heure où
elle et Lucas devraient prendre
l'autobus pour se rendre
à l'école. Elle enregistre ensuite
ses bagages au moment
même où elle devrait faire
la file pour entrer en classe.

Au comptoir d'enregistrement

des bagages, Aurélie regarde

son sac défiler

sur le convoyeur, puis

disparaître derrière un rideau

en caoutchouc noir.

Leur père les emmène ensuite

au contrôle de sûreté. Cela

signifie que chaque bagage

qu'ils souhaitent apporter

avec eux dans la cabine

de l'avion doit être examiné

à travers un appareil

à rayons X pendant

qu'ils passent sous

un scanneur spécial

qui sonne s'ils ont des objets

métalliques dans leurs poches.

   C'est tellement *cool* !

pense Aurélie en souriant

et en tenant fermement

dans sa main sa carte

d'embarquement.

— Ne la perds surtout pas !
l'a bien avertie sa mère.

Après le contrôle de sûreté,
la famille longe le plus long
corridor qu'Aurélie ait jamais
vu. Il est si long qu'Aurélie
ne parvient pas à en voir
la fin. De chaque côté, il y a
des cafés et des restaurants
de sushis. Puis entre
les deux, il y a de grandes
aires d'embarquement

remplies de sièges et
de passagers qui attendent.

— Notre avion est juste
au bout, dit le père d'Aurélie
après qu'on a vérifié sa carte
d'embarquement.

Aurélie remarque de drôles
de tapis roulants qui vont
le long du corridor. Il s'agit
d'une sorte de convoyeur,
mais pour humains.
Des adultes vêtus

d'un complet marchent
sur les tapis en prenant
un air sérieux et important.

— Est-ce qu'on peut y aller,
nous aussi? demande-t-elle
à son père.

— Marcher sur les trottoirs
roulants? répond son père.
Bien sûr.

— Tu viens Lucas? lui
propose Aurélie en souriant.
Allons-y!

Elle devance sa mère
et son père, puis elle se met
à marcher rapidement sur
le trottoir roulant, Lucas
à ses côtés. Elle a l'impression
d'être une superhéroïne
qui avance à la vitesse
de la lumière. Elle s'imagine
devoir se dépêcher
pour prendre son vol — elle,
la célèbre saxophoniste
qui doit donner un concert

à l'autre bout du monde

et qui est attendue à sa sortie

de l'avion par des milliers

de fans et une limousine.

Elle ne s'est jamais sentie

aussi importante de sa vie !

Un jour, je ferai le tour du monde.

Lorsqu'ils arrivent
à l'extrémité du corridor,
Aurélie saute du dernier
trottoir roulant. Elle est
un peu déçue. Les trottoirs
roulants n'étaient pas aussi
amusants qu'elle l'avait cru.
Mais la déception
est rapidement remplacée
par de l'excitation, d'abord
lorsque son père leur achète,
à elle et à Lucas,

des chocolats chauds

au café qui se trouve à côté

de leur aire d'embarquement,

et plus encore quand

deux pilotes en uniforme

passent juste devant elle.

   Par la suite, Aurélie

s'installe devant l'immense

fenêtre en compagnie

de Lucas. Ils regardent

les avions atterrir et décoller,

ainsi que les préposés

charger et décharger

les bagages, et ce, jusqu'au

moment de prendre leur vol.

Elle tend sa carte

d'embarquement à l'agente

de bord, puis accompagne

sa mère dans un tunnel dont

le sol est recouvert de tapis.

Le tunnel contourne

les obstacles et descend

en pente. Lucas et son père

les suivent.

Oh, c'est un peu inquiétant.

Aurélie a l'estomac qui se noue à l'instant où elle met le pied dans l'avion.

Une brise d'air froid s'infiltre

par l'ouverture de la porte

de l'avion, tout autour

du tunnel. Elle a la chair

de poule.

   Ça y est, songe-t-elle.

Je suis dans un avion

pour vrai !

❀

Chapitre quatre

Aurélie suit sa mère

dans l'allée de l'avion jusqu'à

leurs sièges, qui sont situés

dans la rangée vingt-et-un.

L'avion est si bondé !

C'est pire que dans l'autobus

scolaire. Les passagers

essaient de se rendre

à leurs sièges. Ils se cognent

les uns contre les autres

et disent sans cesse :

« Désolé ! Désolé ! »

— Qui a le siège

près du hublot ?

demande leur mère.

— C'est moi ! disent Aurélie

et Lucas en même temps.

— Ce n'est pas vrai,
maman ! C'est ma place !
s'obstinent-ils

Puisque Aurélie est devant
Lucas, elle se glisse
rapidement jusqu'au siège
près du hublot.

Lucas s'affale sur le siège
voisin.

— C'est trop injuste !
se plaint-il.

— Calme-toi, Lucas,
lâche leur mère. Aurélie,
que dirais-tu de prendre
ce siège pour le décollage,
et de changer de place
avec ton frère au milieu du
trajet ? De cette façon, Lucas
aura le siège près du hublot
pour l'atterrissage.

— Ça me va, marmonne
Lucas, visiblement toujours
fâché.

— Et puis, Aurélie ?

demande son père.

— OK, répond Aurélie

sans hésitation.

Elle ne veut pas débuter

ses vacances sur une mauvaise

note à cause d'un évènement

aussi insignifiant.

N'empêche, pense-t-elle,

Lucas fait des histoires

chaque fois qu'il n'a pas

ce qu'il désire. Un peu

de maturité ne lui ferait pas de tort.

Le décollage est impressionnant. L'avion roule lentement autour de l'aéroport, jusqu'à la piste de décollage.

Lucas est vraiment désagréable...

Puis, il s'immobilise

et les membres de l'équipage

indiquent aux passagers

comment enfiler leurs gilets

de sauvetage.

Aurélie écarquille les yeux

d'inquiétude et regarde

sa mère.

— C'est juste au cas où,

Aurélie, la rassure sa mère.

Mais nous n'en aurons pas

besoin.

Une fois que les membres
de l'équipage sont assis,
l'avion commence à rouler
plus vite, beaucoup plus vite.
Les moteurs rugissent
de plus en plus fort, et
les roues grondent sur la piste
comme le tonnerre.

Aurélie regarde le sol défiler
par le hublot. L'avion bondit
et vacille un peu. Puis...
plus rien.

Le grondement
et les secousses ont cessé.
Aurélie constate qu'ils sont
au-dessus du sol. Ils volent !

Aurélie regarde les maisons
et les routes rapetisser
au point d'atteindre la taille
du modèle réduit d'un village.
Puis elles deviennent encore
plus petites. On dirait
maintenant une image
satellite de la Terre.

Leur avion s'élève si haut

qu'elle peut voir toutes

les rivières à la fois.

Les montagnes et les vallées

ressemblent à des plis

dans une couverture.

 Ils s'enfoncent ensuite

dans les nuages !

C'est brumeux et gris

pendant un moment, puis

Waouh ! Aurélie ne s'attendait

pas à voir quelque chose

d'aussi beau. Le ciel s'étend

à perte de vue au-dessus

de leur tête, et sous eux,

les nuages sont si gros, blancs

et cotonneux qu'Aurélie

a envie de courir et de sauter

dessus comme sur un jeu

gonflable géant.

Elle regarde par le hublot

en rêvassant jusqu'au

moment où Lucas lui donne

un coup d'épaule et dit :

— Ton temps est écoulé !

C'est à mon tour

de m'asseoir près du hublot.

Après avoir joué trois parties

de cartes avec leur mère

et mangé ce qu'elle considère comme le plus petit sandwich du monde, Aurélie sent ses oreilles se boucher sous l'effet de la pression.

Elle a des papillons dans l'estomac, comme si elle se balançait.

— Nous commençons notre descente. Nous allons bientôt atterrir, annonce son père.

Sa voix semble provenir

d'une autre dimension.

— Quoi? demande Aurélie.

Son père sourit.

— Essaie de bâiller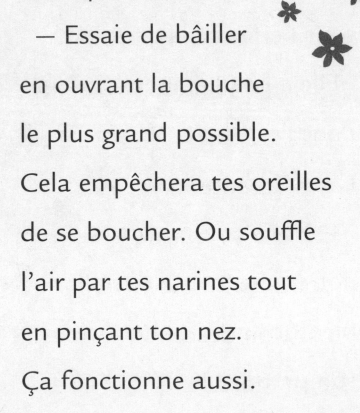

en ouvrant la bouche

le plus grand possible.

Cela empêchera tes oreilles

de se boucher. Ou souffle

l'air par tes narines tout

en pinçant ton nez.

Ça fonctionne aussi.

Aurélie essaie les trucs.

C'est vraiment étrange !

Elle se pince les narines

et expire par le nez, comme

si sa tête était un ballon

qu'elle gonflait de l'intérieur.

Soudain, pop !

Elle peut entendre.

Son estomac se tord

à nouveau au moment

où l'avion descend plus bas.

Elle se mord la lèvre.

Elle ne parvient pas à dire
si elle est excitée ou si elle a
peur. Elle en vient donc
à la conclusion que
l'atterrissage est tout aussi
épeurant qu'excitant !

Aurélie a d'abord cru
que le décollage la rendrait
nerveuse, mais c'est plutôt
l'atterrissage qui
la déconcerte. Mais elle
s'habitue rapidement au son

perçant qu'émettent
les moteurs.

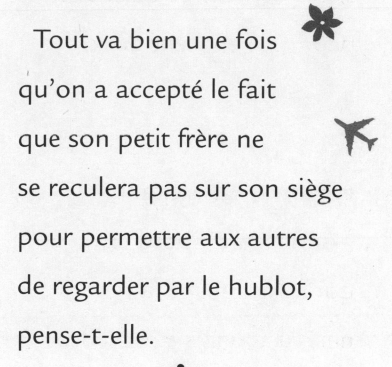

Tout va bien une fois
qu'on a accepté le fait
que son petit frère ne
se reculera pas sur son siège
pour permettre aux autres
de regarder par le hublot,
pense-t-elle.

Chapitre cinq

Après avoir récupéré
leurs sacs sur le carrousel,
le père d'Aurélie prend un taxi
pour se rendre à sa réunion,
tandis que les autres se
dirigent directement à l'hôtel.

Et quel hôtel ! Aurélie en est bouche bée. Un homme vêtu d'un joli uniforme vert foncé se tient debout devant les portes et attend de transporter leurs bagages. À l'intérieur, le hall d'entrée ressemble à ceux qu'on voit dans les émissions de télévision sur le tourisme. Il y a d'énormes vases à fleurs partout, des tables

basses et des fauteuils
en cuir près des fenêtres, ainsi
que des boutiques de cadeaux
à côté des ascenseurs.
L'endroit est silencieux,
tranquille et chic.

Aurélie se tient droite
et essaie de marcher
avec élégance sur le plancher
de pierre tandis qu'ils
se dirigent vers la réception.

À côté d'elle, Lucas traîne

les pieds et crie à tue-tête :

— Maman, j'ai vraiment,

vraiment besoin d'aller

aux toilettes.

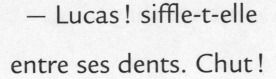

Aurélie n'arrive pas

à le croire.

— Lucas ! siffle-t-elle

entre ses dents. Chut !

— Quoi ? répond Lucas

à voix haute. Je disais

seulement que je dois

vraiment, vraiment faire un...

— Tais-toi! ordonne Aurélie

en le fixant des yeux.

Elle parle si bas que Lucas

doit pratiquement lire

sur ses lèvres.

— Es-tu obligé de toujours

être aussi bruyant?

Lucas roule les yeux.

— OK vous deux,

laisse tomber leur mère

en se tournant dos

au bureau de la réception.

Nous avons la clé

de notre chambre. Allons-y !

Aurélie lance un dernier

regard menaçant à Lucas,

puis elle sourit de toutes

ses dents à sa mère.

— Super. J'ai hâte !

— Moi aussi, ajoute Lucas.

Je veux dire, j'ai vraiment

hâte d'y aller !

Aurélie essaie de l'ignorer.

Comme il est fatigant !

La chambre d'hôtel

est géniale ! Aurélie a toujours

pensé qu'une chambre

d'hôtel n'était rien

d'autre qu'une chambre.

J'ai hâte
de décrire l'hôtel
à Zoé !

Mais celle-ci ressemble plutôt à un appartement. Il y a une cuisinette dans laquelle se trouvent un lave-vaisselle et un four à micro-ondes, ainsi qu'un salon avec une télévision, deux causeuses et un balcon. Il y a une chambre pour sa mère et son père, et une autre pour elle et Lucas.

Aurélie se rappelle soudain ce que lui a dit Zoé à propos des hôtels, puis elle se rend dans la salle de bains.

Elle en profite pour filer en douce pendant que Lucas est sur le balcon. Elle veut explorer un peu sans être suivie par Lucas.

La salle de bains est située au bout du couloir. Lorsque Aurélie ouvre la porte,

un seul mot lui vient en tête :
« Waouh ! »

— Hein ! Quoi ? s'exclame
Lucas, qui est sorti de nulle
part.

Aurélie grince des dents.
Pour un enfant atteint
de surdité, il est plutôt alerte.

Elle est toutefois heureuse
de pouvoir partager
son excitation avec lui.

— Regarde ! dit Aurélie

en montrant quelque chose

droit devant elle.

Une douzaine de petites

bouteilles reposent

sur la tablette fixée à côté

du miroir. Ils s'approchent

pour lire les étiquettes.

— Du shampoing,

du revitalisant, du bain

moussant, lit Aurélie à voix

haute. Ils les offrent même

dans un choix de parfums :

épines de sapin ou sel

de mer pour les garçons,

et fleurs d'abricot ou vanille

pour les filles.

— J'ai trouvé les pains

de savon assortis !

ajoute aussitôt Lucas,

et ils sont tous emballés

individuellement.

— Oh ! tu as vu les serviettes !

poursuit Aurélie.

D'immenses serviettes
blanches et moelleuses
sont suspendues
sur le porte-serviettes.
Il y en a aussi de plus petites
pour s'essuyer les mains ou
pour s'assécher les cheveux.

— Tu sais, avec autant
de serviettes, on n'aurait pas
à se contenter d'une seule
serviette après la douche,
fait remarquer Aurélie.

On pourrait simplement étendre toutes les serviettes sur le sol et nous *rouler* dessus !

— N'ayez pas trop d'idées farfelues, les taquine leur mère par l'embrasure de la porte. Nous serons ici seulement une nuit. À partir de demain, nous dormirons chez grand-papa et grand-maman.

— Grand-papa et grand-maman ! se souvient

soudainement Aurélie.
Ils m'ont demandé
de leur téléphoner lorsque
nous arriverions à l'hôtel.
Est-ce que je peux les appeler?

— Bien sûr, répond
sa mère. Lorsque tu auras
terminé, tu pourras venir
chercher le journal avec moi
au rez-de-chaussée.
Étant donné que papa
ne sera pas de retour avant

la fin de l'après-midi,

je propose que nous allions

tous les trois voir un film

au cinéma.

Aurélie est si heureuse

qu'elle a le sentiment de voler

comme un ballon. Que peut-

elle demander de plus ?

Chapitre six

Aurélie, Lucas et leur mère
cherchent un journal
dans le hall d'entrée.

— Voilà, murmure Aurélie
en indiquant du doigt
une table basse située près

des fenêtres et des fauteuils

en cuir.

La table est recouverte

de journaux pliés et bien

placés.

Leur mère se dirige vers

la table. Aurélie la suit

en essayant de marcher

comme une adulte

et de ne pas faire de bruit

avec ses souliers. Bien sûr,

Lucas marche d'un pas lourd

et assuré, comme s'il avait passé sa vie dans des hôtels.

Aurélie s'assoit à côté de sa mère et s'affale dans le fauteuil en cuir moelleux et chaud. Elle ne se serait jamais imaginé qu'il pouvait être aussi agréable d'être assise.

— Parfait, dit sa mère en tournant les pages du journal. Voici l'horaire des films. Voyons voir.

Les films pour enfants...

Aurélie et Lucas se sourient.

Ils ne vont presque jamais

au cinéma. Ils attendent

plutôt que les films sortent

en DVD, puis ils les regardent

au cours de la fin de semaine.

Ils ne vont au cinéma

qu'en de très rares occasions.

Leur mère consulte

sa montre.

— Si nous partons maintenant, nous pourrons nous rendre au cinéma à pied en moins de 20 minutes. La représentation débute dans une demi-heure. Vous sentez-vous d'attaque ?

— Absolument ! répond Aurélie.

— Est-ce qu'on est obligés d'y aller à pied ? rouspète

Lucas. Pourquoi est-ce qu'on ne prendrait pas un taxi?

Aurélie fait la grimace.

Il n'est pas assez gâté?

De quoi se plaint-il?

Mais leur mère ne semble pas fâchée. ✸

— Ça nous fera du bien de marcher, dit-elle ✸ en se levant. Allez! On y va!

Aurélie, Lucas et leur mère se promènent dans les rues

achalandées et animées
de la ville.

Lucas a même cessé
de se traîner les pieds
et de se lamenter pendant
leur virée touristique.

Aurélie respire à pleins
poumons. L'air est différent
ici. Le temps est peut-être
plus frais, ou plus doux
ou encore plus venteux.

Peu importe, elle ne peut

expliquer ce qui le différencie.

— Voilà le cinéma, annonce

Lucas en désignant l'édifice

de l'autre côté de la rue.

Est-ce qu'on peut avoir

un cornet de crème glacée

et une boisson gazeuse?

Aurélie regarde son frère

d'un air menaçant.

C'est censé être le plus beau

voyage de sa vie, mais si

Lucas continue de faire

son bébé gâté, il va tout

bousiller. Ça ne lui suffit pas

de pouvoir terminer l'école

avant la fin de l'étape,

de prendre l'avion, de loger

dans un hôtel et de passer

l'après-midi au cinéma

avec leur mère?

   Évidemment, Aurélie

aimerait bien avoir un cornet

de crème glacée

et une boisson gazeuse,

mais elle croit que ça aurait

été plus poli d'attendre

que leur mère le leur offre.

   Eh bien, pense Aurélie.

Je vais montrer à maman

qu'au moins un de nous deux est capable de bien se comporter.

Chapitre
sept

Aurélie est ravie d'aller

au cinéma. Ça n'a pas

d'importance de savoir

quel film ils vont voir.

Elle est excitée à l'idée

de faire la file pour les billets

dans le couloir sombre et
d'attendre sur le tapis rouge,
avec l'odeur du maïs soufflé
qui flotte dans l'air.

Elle regarde longuement
l'affiche d'un film qui met
en vedette un groupe rock
féminin, mais Lucas décide
qu'ils iront voir un film
de robots. Aurélie fronce
les sourcils. Elle ne voit pas
pourquoi Lucas déciderait

de tout. C'est vrai, elle veut se comporter correctement, mais cela signifie-t-il qu'elle doive absolument regarder un film de robots insignifiant?

— Laissons-le choisir cette fois-ci, lui chuchote sa mère à l'oreille. D'accord, ma puce? Je te le rendrai plus tard.

J'espère que nous verrons mon film.

Aurélie lève les yeux

et répond :

— Ça va. Ça m'est égal.

Ce n'est pas *tout à fait* le cas.

Aurélie irait voir n'importe

quel film pour faire plaisir

à sa mère. Mais lorsqu'il s'agit de faire plaisir à Lucas, elle sent plutôt de la colère surgir en elle. Et en plus, il ne lui est même pas reconnaissant. Il célèbre plutôt sa victoire en sautant dans tous les sens.

Elle aimerait parfois être enfant unique. Ce serait beaucoup plus simple d'avoir sa mère pour elle toute seule.

Elle ne serait pas la grande sœur qui doit toujours laisser sa place à son petit frère.

— Aurélie, demande sa mère, est-ce que ça te dérange de voir le film qui intéresse Lucas ?

Aurélie se rend compte qu'elle a repris un air renfrogné. Elle prend une grande respiration,

puis elle pousse un soupir.
Elle regarde sa mère.

— Non, répond-elle. Ça ne
me dérange pas. Vraiment.

Elle pourrait peut-être faire
semblant que Lucas n'est
pas là. Mais ce serait difficile.

— Hé maman ! crie Lucas,
même s'il est tout près d'elle.
Pourrais-tu me donner
de la monnaie ? J'aimerais
m'acheter un cornet

de crème glacée. Est-ce

qu'on peut aussi avoir

du maïs soufflé?

Et une boisson gazeuse?

Si c'était moi qui étais

sourde, pense-t-elle,

j'enlèverais mon appareil

auditif pour éteindre la voix

de Lucas, comme on éteint

la radio lorsqu'il y a

une chanson qui nous énerve.

Après le film, Aurélie

est affamée. La crème glacée

ne l'a pas rassasiée.

Évidemment, Lucas

a également faim, et il ne se

gêne pas pour le faire savoir.

— Je veux un hamburger,

dit-il. Je meurs de faim,

et j'ai vraiment envie

d'un hamburger.

Et de croustilles. Et d'un lait

frappé. Est-ce que tu veux,
maman ? S'il te plaît ?

La mère d'Aurélie se penche
et met sa main sur l'épaule
de Lucas.

— Calme-toi, Lucas.
Pourquoi Aurélie
ne déciderait-elle pas,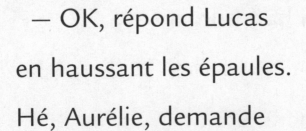
cette fois-ci ?

— OK, répond Lucas
en haussant les épaules.
Hé, Aurélie, demande

des hamburgers. D'accord ?
Et des frites avec de la sauce,
OK ?

Aurélie aime autant
les hamburgers que Lucas.
Mais présentement,
elle préfère choisir le contraire
de ce que souhaite Lucas.
Quel est le contraire
d'un hamburger ?

— Alors, Aurélie ? demande
sa mère. Qu'as-tu choisi ?

Aurélie sourit gentiment
à sa mère. Elle a une idée
qui dégoûtera Lucas
mais qui plaira à sa mère.
C'est parfait !

— En fait, j'aimerais bien
manger des sushis, lance-t-elle.

— Super ! se réjouit

sa mère. C'est exactement

ce dont nous avons besoin

après toute la malbouffe

que nous avons mangée.

Lucas proteste, tandis

qu'Aurélie sourit de nouveau.

Tu n'as pas le choix,

petit frère, pense-t-elle.

Chapitre
huit

Tandis qu'elle marche dans

les rues de la ville, Aurélie

a si faim qu'elle commence

à douter que du riz froid et

des graines de sésame soient

suffisants pour faire cesser

son estomac de gargouiller.

Et plus particulièrement

lorsque la bonne odeur

des pizzas chaudes

et des chiches-kebabs

parviennent jusqu'à

ses narines.

   Leur mère aperçoit

soudainement un bar

à sushis roulant.

   — Que c'est mignon !

s'exclame Aurélie.

C'est la première fois

qu'elle voit un restaurant

comme celui-là.

Une locomotive miniature

qui remorque des assiettes

de sushis circule tout autour

du comptoir !

— Bon, voici ce que

nous allons faire, explique

leur mère au moment où

ils s'assoient. Vous prenez

une assiette de la locomotive.

Vous devez avoir tout mangé avant de vous resservir.

La petite locomotive passe devant eux, puis la mère d'Aurélie prend une assiette de cubes luisants au poisson cru. ✽

— Quelle bonne idée tu as eue Aurélie, dit-elle. C'est délicieux. ✽

— Je refuse de manger ces choses bizarres et épicées,

rouspète Lucas. Où sont
les rouleaux au thon
comme ceux qu'ils servent
à notre restaurant de sushis
habituel ?

La mère d'Aurélie donne
des sushis au poulet
et à l'avocat à Lucas, mais
il continue de bougonner.

— Je vais les manger,
se lamente-t-il. Mais je sais
que je n'aimerai pas ça.

Et j'ai plus envie que jamais d'un hamburger.

— Tu es tenace, Lucas, lance Aurélie. Mais c'était *mon* choix, et maman était d'accord !

— Ça suffit, dit leur mère d'un ton ferme. Mangez ! Si vous restez tranquilles deux minutes, je vais commander des nouilles

chinoises pour nous tous.
Est-ce que ça vous convient?

— Oh oui ! *Cool* ! claironne
Lucas.

Aurélie est toutefois étonnée.
Vous tenir tranquilles?
Les deux? C'est trop injuste!
Il n'y a que Lucas qui agit
comme un enfant gâté.

C'est la faute de Lucas,
pense-t-elle. Ils ne

se disputeraient pas si Lucas

n'était pas aussi agaçant.

   Après avoir mangé

leurs nouilles chinoises,

ils vont visiter le musée

des sciences.

Normalement, Aurélie
s'amuserait avec tous
ces appareils et ces gadgets.
Lucas semble passer un bon
moment, mais Aurélie
en a assez.

Elle se sent comme si, en
voyage, il n'y avait pas assez
de place pour deux enfants.
À la maison, Aurélie et Lucas
partagent de façon à
ce que ce soit équitable entre

les deux. Ce n'est cependant pas le cas ici. Lucas peut faire ce qui lui plaît, tandis qu'Aurélie est laissée pour compte.

Eh bien, on peut facilement dire lequel des deux a sa place au cours de ce voyage, songe-t-elle tristement.

Chapitre neuf

Le lendemain matin,
Aurélie est déjà habillée et
s'affaire à choisir un ruban
pour aller avec sa nouvelle
coiffure lorsque le préposé

au service aux chambres
vient leur porter le déjeuner.

Il pousse un chariot
rempli de nourriture dans
la chambre, puis il prend
leur commande en note.
Aurélie demande des œufs
brouillés et des saucisses.

Pendant qu'Aurélie et
Lucas font leurs valises avec
leur mère et se préparent
à quitter l'hôtel, leur père

va louer une voiture pour
qu'ils puissent se rendre
chez leurs grands-parents.

Aurélie est excitée à l'idée
de laisser les lits sens dessus
dessous et les serviettes
sur le sol. Elle glisse
discrètement un petit pain
de savon dans son sac.

Aurélie monte en courant
le sentier qui mène chez ses

grands-parents, puis
elle frappe à la porte.

— Grand-papa !
Grand-maman ! crie-t-elle
en direction de la fenêtre.

Lucas la talonne.

— Grand-maman ! hurle-t-il
en rejoignant Aurélie sur
la marche du haut. Maman
t'a apporté des fleurs !

Aurélie lui donne un coup
de coude.

— Ne le dis pas !
C'est censé être une surprise !

— Ça n'a pas d'importance,
Aurélie, dit sa mère.
Les fleurs sont aussi belles,
que ce soit une surprise
ou non.

La porte s'ouvre,
puis Aurélie aperçoit
ses grands-parents. Elle est
toujours émue de les voir
ouvrir la porte ensemble,

comme s'ils étaient tellement

contents de les recevoir

qu'aucun des deux ne pouvait

attendre dans la cuisine.

— Vous voilà, mes chéris !

se réjouit leur grand-mère.

Elle sort sur le perron

pour les serrer dans ses bras

avant même qu'ils aient

le temps de mettre le pied

dans la maison.

— Où sont-ils? demande
son grand-père, debout
sur le pas de la porte.

Aurélie et Lucas se détachent
de leur grand-mère,
puis se blottissent contre
leur grand-père.

— Ça alors! laisse-t-il
tomber en regardant la mère
d'Aurélie d'un air surpris.
Qui sont ces gens? Je croyais
que vous alliez venir avec

la petite Aurélie et le petit

Lucas, mais vous êtes plutôt

accompagnés

d'une ravissante demoiselle

et d'un jeune homme musclé.

Aurélie se met à rire

et roule les yeux.

— Oh, grand-papa !

— Ah ! C'est bien toi, Lili !
blague-t-il.

Le père d'Aurélie se dirige
péniblement vers eux en
transportant quelques sacs
qu'il a sortis de la voiture.

Son grand-père l'interpelle.

— Christian, mon garçon !
Je crois que tu as grandi,
toi aussi ! Viens par ici, fiston,
et fais-moi voir ces muscles.

Aurélie éclate de rire.

C'est drôle d'entendre

son grand-père se moquer

de son père comme s'il était

encore un petit garçon.

D'autant plus que c'est

de cette façon que son père

les taquine, Lucas et elle !

— Venez, dit sa grand-mère.

Les sacs peuvent attendre,

mais pas mes sablés

au caramel.

— Des sablés au caramel !

s'écrie Lucas en se précipitant

à l'intérieur.

— Oui. J'ai aussi des biscuits

à la noix de coco

et du gâteau aux raisins secs,

précise sa grand-mère

en souriant à Aurélie.

Ça vous permettra de vous

mettre quelque chose

sous la dent en attendant

que le dîner soit prêt.

Aurélie sourit. Elle suit sa grand-mère dans le long couloir qui mène à la cuisine. Sur les murs, il y a des portraits d'elle et de Lucas lorsqu'ils étaient bébés, ainsi que de leurs cousines Catherine et Annabelle, qui sont maintenant pensionnaires dans une école secondaire.

Lorsqu'ils arrivent à
la cuisine, leur grand-père dit :

— Vous feriez mieux
de vous asseoir, les enfants.
Votre grand-mère n'aura pas
l'esprit tranquille tant
que vous n'aurez pas mangé.
Les biscuits à la noix de coco
sont pour toi, Lili.

Aurélie regarde sa mère.
À la maison, ils n'ont pas

le droit de manger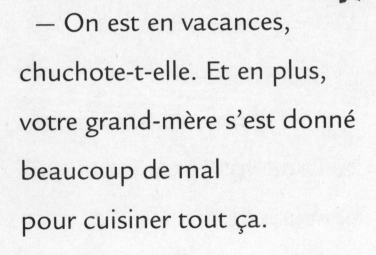
de sucreries avant les repas.

Mais sa mère sourit
et hausse les épaules.

— On est en vacances,
chuchote-t-elle. Et en plus,
votre grand-mère s'est donné
beaucoup de mal
pour cuisiner tout ça.

Aurélie sourit. On ne lui
répètera pas deux fois !

Chapitre dix

— Qu'avez-vous prévu faire
pendant votre séjour ici?
demande le grand-père
d'Aurélie.

— J'aimerais visiter
la nouvelle exposition

à la galerie d'art, dit spontanément sa mère. Nous pourrions également montrer aux enfants le monument aux morts.

— C'est plate! proteste Lucas. Est-ce que je peux rester ici avec grand-papa et regarder la télé à la place?

Aurélie lui lance un regard furieux.

— Lucas ! lâche sa mère, qui montre enfin des signes d'impatience envers lui. Nous n'avons pas encore décidé ce que nous allons faire, mais peu importe, tu viens avec nous. Nous aurons du plaisir.

— Allez, s'il te plaît ? Je serai sage, supplie Lucas en regardant son père.

Aurélie les observe s'échanger des regards par-dessus la tête de Lucas. Elle est certaine que Lucas va encore réussir à avoir ce qu'il veut.

— Bien... hésite sa mère.

— Ah, ce sera formidable! s'exclame son grand-père. Nous regarderons la partie de soccer à la télévision, puis il nous aidera à préparer le souper.

— Super ! se réjouit Lucas.

— Les enfants, pourriez-vous aller chercher les autres sacs dans la voiture pendant que maman et moi discutons avec vos grands-parents ? demande leur père en lançant les clés à Aurélie. Vous savez où se trouvent nos chambres.

Aurélie attrape les clés au vol et traverse le couloir

à grandes enjambées, sans
regarder si Lucas la suit.

Elle ouvre la porte doucement,
puis elle descend le sentier
jusqu'à la voiture, d'un pas
lourd et décidé. ✽

Lucas la rejoint. Il se tient
debout à côté d'elle tandis
qu'elle ouvre le coffre ✽
et sort les sacs. ✽

— Ne me donne pas le sac
de papa, dit-il. Il est trop

lourd. Je vais transporter
mon sac et celui de maman.

— Autre chose ? s'indigne
Aurélie.

— Quel est *ton* problème ?
demande Lucas.

— C'est toi ! siffle Aurélie.
Tu es égoïste, insupportable
et, depuis le début
des vacances, tu agis comme
si tout t'était dû. C'est ça
mon problème !

— Ça m'est égal, Lili, affirme Lucas.

— Ne m'appelle pas *Lili* ! hurle-t-elle. Seul grand-papa a le droit de m'appeler comme ça ! Personne d'autre.

— OK Lili, blague-t-il.

Je suis désolé Lili.

Je ne le referai plus, Lili.

Je ne m'étais pas rendu compte que tu étais ma mère, Lili.

— Je t'avertis, Lucas !

dit-elle en le fusillant

du regard.

— Oooh ! J'ai *tellement* peur,

Lili !

Dans un élan de colère,

Aurélie enjambe les sacs

qui sont à ses pieds, puis

elle frappe son frère à l'épaule.

— Espèce d'imbécile !

Lucas trébuche par-derrière

sur la bordure de la rue

et tombe directement

sur les fesses.

— Aïe, crie-t-il

en se frottant la jambe.

Regarde ce que tu as fait !

— Tu ne t'es même pas

fait mal, dit Aurélie

Ça t'apprendra à te plaindre !

en plissant les yeux.

Tu es juste un chialeur,

un bébé lala et une peste !

— Que ce passe-t-il ici,

demande une voix derrière

elle. Aurélie lève les yeux

et aperçoit sa mère, son père

et ses grands-parents

devant la grille du jardin.

Ils la regardent avec

stupéfaction et déception.

— Aurélie ! Qu'est-ce que tu as fait ? l'interroge sa mère en s'agenouillant à côté de Lucas.

Chapitre Onze

Aurélie se laisse tomber
sur le lit de la chambre d'amis
de ses grands-parents.
Elle partage sa chambre
avec Lucas, mais il est assez

intelligent pour ne pas y

pointer son nez.

Elle ne se souvient pas avoir

déjà été aussi en colère.

Ce n'est vraiment pas juste.

Lucas a été une peste

tout au long du voyage, et

c'est *elle* qui se fait disputer.

Ils n'ont d'yeux que

pour leur petit Lucas,

croit fermement Aurélie.

Ils le traitent comme

un enfant sans défense

alors qu'en réalité c'est

un vrai petit monstre !

Aurélie entend Lucas dans

la cuisine. Il est poli et fait

des blagues. Il dit *merci*

et *merci beaucoup* au moins

un million de fois par minute.

Comme si ses grands-

parents n'avaient pas encore

découvert lequel des deux

était le plus sage, présume-t-

elle. Elle se tourne face
au mur. Je ne devrais même
pas être ici.

Elle sent ensuite son lit
s'affaisser. Quelqu'un
est entré dans la chambre
et s'est assis au pied du lit.
Elle l'ignore.

— Aurélie ?
demande sa mère.

Aurélie demeure immobile
et fait semblant de ne pas
l'entendre.

— Allez Aurélie.
J'aimerais te parler.

Aurélie se retourne
doucement et s'assoit en
évitant de regarder sa mère.

— Lucas en met un peu
trop, chuchote sa mère.
Je crois qu'il essaie de se faire
pardonner ses bêtises.

— Hein ? dit Aurélie

en fronçant les sourcils.

— Eh oui, poursuit sa mère.

Tu n'es pas la seule à avoir

remarqué à quel point

il a été désagréable

ces derniers jours.

Et tu n'es pas non plus

la seule à en être irritée.

Aurélie est vraiment

étonnée.

— Qui d'autre est irrité ?

— Lucas ! répond sa mère.

Après que tu es rentrée

à l'intérieur, grand-papa

lui a dit de se relever

et d'arrêter de pleurnicher.

Puis grand-maman lui

a demandé ce qu'il avait fait

pour te mettre dans cet état.

Et en plus, papa lui a

ordonné de transporter

tous les sacs dans la maison.

Aurélie est surprise.

— Vous vous êtes tous portés à ma défense ?

Moi qui croyais que vous étiez fâchés contre moi ?

— Je ne dis pas que nous sommes *fiers* que tu aies donné un coup à ton petit frère, mais que nous comprenons. Il s'est montré très envahissant.

Aurélie avale sa salive.

— Alors je n'ai pas gâché
nos vacances ? Du moins, pas
totalement ? demande-t-elle.

Sa mère rit et la prend
dans ses bras.

— Chérie, ce sont
des vacances en *famille*,
et ça va en prendre plus que
ça pour les gâcher ! Non,
nous passerons de superbes
vacances. À présent,
tu dois relaxer et en profiter.

Tu n'as pas à te soucier
du comportement de Lucas.
Laisse papa et moi nous
en occuper. D'accord ?

J'ai cru
que j'avais de
gros ennuis.

— D'accord, répond Aurélie
en souriant.

Aurélie entend sa grand-mère
les appeler.

— Êtes-vous prêts à manger?

Aurélie bondit du lit.

— Nous arrivons,
grand-maman !

Chapitre douze

À la grande surprise
d'Aurélie, avant même
qu'elle ait eu le temps
de demander pardon à
Lucas, celui-ci la rejoint

dans la salle de bains pendant
qu'elle se lave les mains.

— Je suis désolé, Aurélie,
marmonne-t-il. J'ai mal agi.

— Waouh ! dit-elle
en le regardant dans les yeux.
Merci. Je suis aussi désolée.
Et merci d'avoir fait
les premiers pas. Je l'apprécie.

Il lui sourit.

— Ouais, je sais.
Mais grand-maman

m'a dit qu'elle m'interdirait
de manger du gâteau ce soir si
je ne te demandais pas pardon.

— Elle a fait du gâteau?
lance-t-elle en souriant.
Quelle sorte?

— Un pouding-chômeur.
Tu sais, celui qui a une sauce
au sirop d'érable dans le fond.

— Oh oui! s'esclaffe
Aurélie. Ça valait la peine
de faire les premiers pas.

Pendant le repas, Aurélie
a de la difficulté à se retenir
de rire. Lucas essaie
visiblement de paraître
sous son meilleur jour.
Il dit sans cesse *s'il vous plaît*
et *merci*.

— Alors, que voulez-vous
faire cet après-midi ?
demande son père.

Aurélie et Lucas

s'échangent des regards.

Je ne veux vraiment pas

aller au monument

aux morts ni à la galerie d'art,

comme l'a suggéré maman,

mais ce n'est pas moi

qui le dirai, songe Aurélie.

Elle sait que Lucas pense

la même chose qu'elle.

Leur père les regarde à tour

de rôle, en attendant

qu'un d'eux ouvre la bouche.

Aurélie se mord la lèvre.

Son père éclate de rire,

puis se tourne vers sa mère.

— Eh bien, il semble
que les enfants soient
très intéressés par les activités
que tu as proposées, chérie,
lui dit-il.

— Je pense que ce sera
passionnant, tente
de les convaincre leur mère.

Aurélie soupire
sans s'en apercevoir.

— Aurélie, commence
sa mère... Tu sais, certaines

activités sont plus amusantes

que tu ne le crois. Je parie

que vous seriez surpris.

— Ouais, tu as raison,

dit Lucas en roulant les yeux.

Aurélie se retient de rire.

Elle s'est tellement préoccupée

du comportement détestable

de Lucas qu'elle a oublié

à quel point il peut parfois

être drôle.

— Bon, j'ai compris,
lance sa mère en levant
les bras au ciel. Je ne m'en
mêle plus. C'est vous trois
qui déciderez ce que
nous allons faire.

Le père d'Aurélie sourit.

— Qu'avez-vous envie
de faire, les enfants ? Manger
de la barbe à papa au parc ?
Faire du patin à roues
alignées dans les jardins

Je vote pour le patin à roues alignées !

de la ville ? Ou qu'est-ce que vous diriez d'un tour de ville en calèche ?

Aurélie veut le serrer dans ses bras. C'est comme

s'ils recommençaient

leurs vacances à zéro

et que chacun avait droit

à une seconde chance.

Sa mère avait raison.

Les vacances ne sont pas

gâchées.

Je crois que c'est ce qu'elle

voulait dire par des vacances

en famille, songe Aurélie.

Leurs vacances ne doivent

pas obligatoirement

être parfaites. Ce n'est pas possible de contenter tout le monde en même temps. L'important, c'est qu'ils passent du temps ensemble, que ce soit pour faire du patin à roues alignées ou pour s'obstiner.

Chapitre
treize

Aurélie doit admettre que Lucas est encore quelquefois fatigant, mais c'est son petit frère, après tout. Ce n'est pas de sa faute s'il est plus immature qu'elle.

De plus, les vacances
ne seraient pas aussi
amusantes sans lui. En fait,
sa détermination est parfois
utile. Aurélie n'aurait jamais
pleurniché pour avoir
un souvenir du parc
d'amusement où ils ont
passé la journée.
Mais Lucas, si. Leur père
leur en a finalement acheté
chacun un !

Mais Lucas peut aussi
être gentil. Il a demandé
deux dollars à leur mère
pendant qu'ils visitaient
l'usine de chocolat,
et il est ensuite allé acheter
une sucette en forme
de saxophone à Aurélie.

Elle est même heureuse
de partager sa chambre
avec lui. Elle aurait eu peur
de dormir seule. La poupée

en porcelaine de

sa grand-mère est jolie à

la lumière du jour, mais Aurélie

n'aime pas voir ses yeux

de verre reluire dans le noir.

Il y a aussi des craquements

étranges qui proviennent

du toit. Mais rien de tout ça

ne l'effraie puisque Lucas

est dans la chambre.

Il y a juste un problème.

Les vacances passent trop vite,

maintenant que tout va bien.

Leur visite au musée

des sciences lui avait paru

durer six mois. Mais les six

jours qui ont suivi ont été

tellement excitants qu'ils ont

filé à la vitesse de l'éclair.

— Nous avons besoin

de plus de temps, se plaint

Aurélie à Lucas. Je ne suis

pas prête à rentrer

chez nous. J'ai l'impression

qu'on vient d'arriver

chez grand-papa

et grand-maman.

— Et moi, je veux pouvoir

passer plus de temps

avec papa et savoir qu'il n'a

pas à travailler, ajoute Lucas.

— Tout à fait,

convient Aurélie.

Le dernier jour, Aurélie

et Lucas préparent

leurs valises avec tristesse.

Aurélie s'assure qu'ils n'ont rien oublié sous le lit.

— C'est l'heure de partir, les enfants ! signale leur père. Dites au revoir à vos grands-parents.

C'est le moment difficile, pense Aurélie. Maintenant que les vacances sont terminées, nous devons faire nos adieux à une partie de notre famille.

Je ne veux pas que ça finisse...

Aurélie traîne son sac hors de la chambre. Elle aperçoit sa grand-mère s'essuyer les yeux tandis qu'elle donne trois contenants en plastique à sa mère.

— Tiens, il y a un gâteau
aux fruits, des pâtisseries
et des biscuits
que vous pourrez manger
à votre retour à la maison.

Cela fait sourire Aurélie,
malgré qu'elle soit triste.

— Souris, Lili, dit
son grand-père en la serrant
dans ses bras. Grand-maman
et moi avons discuté
avec ton père, et nous

prévoyons vous rendre visite

très bientôt.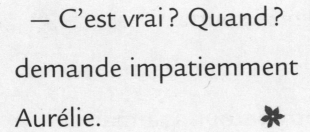

— C'est vrai? Quand?

demande impatiemment

Aurélie.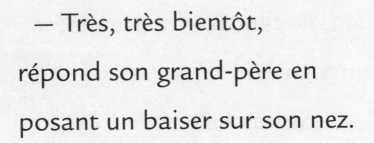

— Très, très bientôt,

répond son grand-père en

posant un baiser sur son nez.

— Allez Aurélie, souffle

Lucas en lui donnant

un coup de coude. N'oublie

pas, c'est moi qui m'assois

sur le siège près du hublot

pour le décollage, cette fois-ci.

Aurélie sourit. C'est vrai,

ils doivent prendre l'avion

pour rentrer à la maison !

Les vacances sont terminées,

mais il leur reste encore

plusieurs choses à découvrir !

— As-tu eu du plaisir ?

lui demande sa grand-mère

en la serrant dans ses bras

à côté de la voiture.

Malgré un début
de vacances difficile, Aurélie
est ravie de son séjour.

— C'était super !
affirme-t-elle.
Ce sont les plus belles
vacances de ma vie !

Go Girl!

Camp de torture

PAR

MEREDITH BADGER

Traduction de **VALÉRIE MÉNARD**

Révision de **GINETTE BONNEAU**

Illustrations de **ASH OSWALD**

Infographie de **DANIELLE DUGAL**

Chapitre un

— OK tout le monde,
crie M. Parenteau par-dessus
le vacarme. Il ne vous reste
que 10 minutes pour résoudre
10 équations.

Sophie soupire.

C'est le plus long cours
de maths de toute sa vie.
Normalement, Sophie adore
le cours de maths.
Mais aujourd'hui, elle
n'arrive pas à se concentrer.

— J'aimerais que la cloche
sonne maintenant, murmure-
t-elle à son amie Alicia.

— Moi aussi ! répond Alicia.
Je dois terminer mes bagages
pour demain.

Sophie trépigne d'impatience. Demain, ils partent en excursion scolaire. Ils se rendent au bord d'un lac pour y faire du canot. Mais le plus excitant, c'est qu'ils passeront la nuit là-bas !

— Ce serait mieux si seule notre classe y allait, affirme Marie, qui est assise près d'elles. Les élèves de la classe

J'ai vraiment hâte de faire du camping!

de Mme Trudel sont vraiment snobs. Je doute qu'ils aiment faire du camping!

— Ils vont probablement se mettre à paniquer à la simple vue d'une tache de boue! se moque Alicia.

Sophie ne sait pas quoi répondre. En fait, elle a déjà été dans la classe de Mme Trudel. Elle a commencé l'année avec ces élèves et elle a appris à les connaître. Sa meilleure amie, Mégane, est d'ailleurs dans la classe de Mme Trudel.

Sophie et Mégane ont toujours pensé qu'elles finiraient l'année ensemble.

Mais, il y a deux mois,
les professeurs ont décidé
de changer certains élèves
de classe. Sophie s'était
demandé si elle devait être
excitée ou terrifiée lorsque
Mme Trudel lui avait
annoncé qu'elle faisait partie
de ceux-là. Elle a dû ressentir
les deux émotions à la fois.
Tout le monde, dans
la classe de Mme Trudel,

disait que les élèves
de la classe de M. Parenteau
étaient grossiers et méchants.

— « Les garçons attrapent
des mouches, puis ils les
mangent ! » avait rapporté
Mégane en faisant la grimace.

— « Les filles se suspendent
au module à grimper même
lorsqu'elles portent des robes,
avait observé Juliette.
Ça ne les dérange pas que

les autres voient
leurs sous-vêtements. »

— Et en plus, «M. Parenteau
crie sans arrêt», avait entendu
dire Clara.

Le cœur de Sophie battait
la chamade la première fois
qu'elle est entrée dans
la classe de M. Parenteau.
Celui-ci se tenait debout
à l'avant de la classe.

Il regardait le tableau

d'un air interrogateur.

Lorsqu'il a aperçu Sophie,

il s'est retourné et lui a souri.

C'était un large sourire amical

qui a complètement changé

l'apparence de son visage.

— Bonjour Sophie, a-t-il dit.

Bienvenue dans notre classe !

Il y a une place libre à côté

d'Alicia. Elle va pouvoir t'aider

à t'installer.

Sophie avait déjà vu Alicia dans la cour d'école.
Elle était grande et musclée, et elle pratiquait souvent des sports sur l'heure du dîner. Elle avait des bleus sur les genoux, et ses vêtements étaient toujours tachés d'herbe.

— Elle est tellement brusque, avait un jour commenté

Mégane au moment où
Alicia passait devant elles.

Sophie avait approuvé
de la tête. Alicia pouvait
effectivement paraître un peu
brusque, mais elle avait
toujours l'air de s'amuser.

Sophie n'aurait peut-être
jamais commencé à parler
à Alicia si elle n'avait pas fait
une faute d'orthographe
le premier jour où elle a été

dans la classe

de M. Parenteau. En fait,

en cherchant sa gomme

à effacer, elle s'était rendu

compte qu'elle l'avait

oubliée chez elle. Sophie

ne savait pas trop quoi faire.

Si elle avait encore été

dans la classe de Mme Trudel,

elle aurait demandé à

Mégane ou à Juliette

de lui prêter la leur, mais

Oh, non!

elle ne connaissait personne dans sa nouvelle classe.

Elle s'est soudainement sentie très seule.

Puis, quelqu'un lui a tapé sur l'épaule. C'était Alicia

qui lui tendait sa gomme
à effacer.

— Tiens, a-t-elle dit avec
gentillesse. Tu peux utiliser
la mienne. Ne te gêne pas
pour m'emprunter tout
ce dont tu as besoin.

Sophie a regardé Alicia
dans les yeux pour la première
fois. Ses yeux étaient bruns
et accueillants, et
des fossettes apparaissaient

sur ses joues. Sophie a pris
la gomme à effacer.
Elle avait la forme

et l'odeur d'une fraise.

— Merci, a répondu Sophie
en souriant à Alicia.

✽

À partir de ce jour, Alicia
et Sophie sont devenues
les meilleures amies
du monde. En fait, elles sont
amies dans la classe.

Sur l'heure du dîner, Sophie
va cependant toujours
retrouver Mégane.

— Tu ne t'ennuies pas
avec Mégane? lui avait
un jour demandé Alicia.

Sophie avait haussé
les épaules.

— Parfois, avait-elle répondu.

Les filles de la classe
de Mme Trudel avec
lesquelles se tenait Sophie

aimaient lire des magazines et bavarder. C'était bien, mais elle avait aussi parfois envie de passer du temps avec les nouvelles amies qu'elle s'était faites dans la classe de M. Parenteau.

Au retour du dîner, elles entraient toujours dans la classe en riant à propos d'un nouveau jeu qu'elles venaient d'inventer. Sophie avait envie de se joindre

à elles de temps à autre.

Si bien qu'un jour Sophie

a décidé de passer l'heure

du dîner avec Alicia.

Elle s'est bien amusée,

et elle a même imaginé

un jeu qui, selon Alicia, était

le meilleur auquel elle avait

jamais joué. Mégane était

très fâchée contre elle.

— Préfères-tu Alicia à moi ?
avait-elle demandé.

Sa voix était bizarre,
comme si elle était
sur le point de pleurer.

— Bien sûr que non,
avait répondu Sophie.

Elle voulait lui expliquer
qu'elle les aimait toutes
les deux, mais elle n'était pas
certaine que c'était ce que
Mégane avait envie d'entendre.

Ça semblait avoir rassuré
Mégane.

— Je suis tellement
heureuse d'être celle que
tu préfères ! lui avait-elle dit
en la serrant dans ses bras.

Par la suite, Sophie n'a plus
passé une seule récréation
du midi avec Alicia, même
si celle-ci le lui proposait
tous les jours. C'est curieux.
Sophie a souvent souhaité

être amie avec un tas
de gens. Mais au bout du
compte, ce n'est peut-être
pas ce qu'il y a de mieux.

Chaque fois que Sophie
a l'occasion de faire un vœu,
elle souhaite toujours
la même chose — que
ses amies s'entendent bien.
Ce serait tellement plus
simple ainsi.

Chapitre
deux

La cloche sonne enfin.

Le cours de maths est terminé.

Tout le monde commence

à parler et chacun range

ses effets. M. Parenteau doit

crier pour se faire entendre.

— Soyez ici à 8 h demain matin. Si vous êtes en retard, nous partirons sans vous !

Sophie se promet d'être arrivée à 7 h 30.

— Veux-tu rentrer à la maison avec moi ? demande Alicia.

— Je dois rejoindre Mégane devant l'entrée principale, explique Sophie.

Nous pourrions peut-être marcher ensemble toutes les trois?

— Non, ça va! s'empresse de répondre Alicia. Je viens de me rappeler que j'ai quelque chose à faire. On se voit demain!

Sophie soupire.

Pourquoi ses amies ne font-elles pas un effort pour apprendre à se connaître?

Mégane l'attend en effet
devant l'entrée principale.
Elle porte un nouvel
ensemble aujourd'hui,
ce qui n'étonne pas Sophie
— son amie a souvent

des vêtements neufs.

La mère de Mégane travaille pour un magazine de mode et elle lui rapporte toujours des accessoires *cool*.

Pas seulement des vêtements, d'ailleurs, mais aussi des CD, des affiches promotionnelles et du vernis à ongles.

Sophie n'a cependant jamais été jalouse d'elle, car Mégane est généreuse. Elle a donné

plusieurs CD à Sophie,
de même que des vêtements.
Mais pour une raison
qu'elle ignore, les vêtements
sont plus beaux sur Mégane
que sur elle.

Mégane est le type de fille
qui fait tourner les têtes.
C'est peut-être à cause
de ses longs cheveux foncés
ou de ses cils recourbés,
peut-être aussi à cause

de son sourire.

C'est probablement

un mélange de tout cela.

Quand Sophie enfile

les vêtements de Mégane,

elle a l'impression d'être

une petite fille qui essaie de

s'habiller comme une adulte.

Mais lorsque c'est Mégane

qui les porte, elle ressemble

à ces mannequins

photographiées dans
les magazines de sa mère.

Aujourd'hui, Mégane a mis
un jean dont les rebords
sont retournés, une veste rose
et une casquette à carreaux.
Sophie sait que la casquette
ne lui irait pas bien, mais
Mégane la porte à merveille.
Sous la casquette, par contre,
le visage de Mégane n'a pas
l'air content du tout.

— Je ne veux pas faire cette excursion scolaire stupide, se plaint-elle tandis qu'elles se mettent à marcher.

— Et pourquoi? demande Sophie, le cœur serré.

Elle a le sentiment de ne jamais trouver les bons mots lorsque Mégane est de mauvaise humeur.

— Il fera froid et ce sera terrible, répond Mégane.

Mme Trudel dit qu'il n'y a

pas de courant !

— Il paraît qu'il n'y a même

pas de douches,

ajoute aussitôt Sophie.

Mégane la regarde,

scandalisée.

— Pas de douches ?

C'est répugnant !

En fait, Sophie est amusée

par le fait qu'il n'y ait pas

de douches. Personne

ne remarquera qu'elle sent

mauvais si tout le monde

sent mauvais !

— Ce ne sera pas si pire,

dit-elle en essayant de

remonter le moral de Mégane.

C'est comme dans

la télésérie *Perdus* !

— C'est ce qui m'effraie,

répond tristement Mégane.

Soudain, Sophie se rappelle

une chose qu'a mentionnée

M. Parenteau et qui réjouira certainement Mégane.

— Il y aura une fête avec de la musique, souligne-t-elle.

Ça a fonctionné.

— Pour vrai? s'écrie Mégane, qui retrouve tout à coup son sourire. Ce ne sera pas si pire, dans ce cas. ✳

Sophie croit savoir pourquoi Mégane a soudainement changé d'avis. Elle s'imagine qu'elle va danser

avec Justin Houde.

Justin a des cheveux blonds

hérissés et les yeux verts.

Plusieurs filles ont le béguin

pour lui, mais pas Sophie.

Elle trouve que

c'est une petite peste.

Philippe Leroux est

probablement la seule

personne qu'elle connaisse

qui soit plus désagréable
que Justin.

— À demain ! dit Sophie
lorsqu'elles arrivent devant
la maison de Mégane.

— Bye. N'oublie pas
les collations ! La nourriture
ne sera pas bonne.
Que des raisins secs
et des choses comme ça,
ajoute Mégane en faisant

la grimace — elle déteste
les raisins secs.

— OK, répond Sophie.
Et ne t'inquiète pas à propos
de l'excursion. Je suis sûre
qu'on aura du plaisir.

Mégane soupire.

— Je suis contente
que tu penses comme ça,
affirme-t-elle, car moi,
je n'en suis pas si certaine.

Au fond d'elle-même, Sophie n'en est pas si certaine non plus.

Chapitre *trois*

Puisque c'est la dernière moitié du mois, Sophie habite avec son père.

Elle vit avec sa mère les deux premières semaines. Cela signifie qu'elle possède tout

en double : deux brosses
à dents, deux lits,
deux commodes. Elle doit
cependant apporter
ses vêtements chaque fois
qu'elle change de maison.

— Bonjour papa ! crie
Sophie en ouvrant la porte.

— Bonjour mon petit
monstre, lui répond son père.

Son père l'appelle toujours
son petit monstre.

— Vas-tu travailler avec moi

cet après-midi ? demande-t-il.

Son père est illustrateur

et il travaille à la maison.

Sophie aime bien s'installer

sur le sol de son studio

pour dessiner pendant

qu'il crayonne à son bureau.

— Je ne peux pas

aujourd'hui, déclare Sophie.

Je dois faire mes bagages !

Elle y arrive en peu temps.

Sophie est maintenant

une experte en préparation

de bagages.

Brosse à dents. Pâte à dents.

Brosse à cheveux.

Imperméable. Bottes

de pluie. Bas chauds.

Sous-vêtements. Chandail.

Veste. T-shirt avec un chat

à l'avant. Pyjama.

Sac de couchage. Oreiller.

Il reste même un peu

de place dans le sac.

Juste assez d'espace

pour un sac de croustilles !

Sophie se dirige dans

la cuisine pour voir s'il y en

aurait dans le garde-manger.

Son père ne lui permet pas

souvent de manger

des friandises. Elle doit donc

être discrète. Il est en train

de couper des légumes

pour le souper.

— Tu viens me donner

un coup de main ? demande

son père sans lever les yeux.

— Je vais t'aider dans une

petite minute, répond Sophie.

Elle ouvre doucement
la porte du garde-manger.

Excellent ! Elle aperçoit
un gros sac de croustilles
sur une tablette.

Le sac produit un bruit
de froissement au moment
où elle le saisit. Sophie
tousse pour camoufler le son.

Son père lève la tête tandis
que Sophie cache le sac
derrière son dos.

— As-tu attrapé un rhume ?
l'interroge son père d'un air
inquiet.

— Non, j'avais
un picotement dans la gorge,
le rassure Sophie.

Elle se sauve ensuite dans
le couloir en se retenant
de rire. Elle a pour une fois
réussi à déjouer son père !

— En passant, crie son père,
j'ai acheté des croustilles

pour ton excursion scolaire !

Elles sont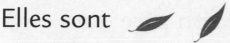

dans le garde-manger.

Sophie s'immobilise et râle.

Comment son père fait-il

pour toujours savoir

ce qu'elle fait ?

C'est vraiment étrange.

Après s'être occupée

de ses bagages, Sophie va

aider son père à préparer

le souper. Ils mangent

des pâtes, et c'est Sophie

qui doit veiller à ce que

les spaghettis ne collent pas.

Sophie réfléchit pendant

qu'elle brasse les pâtes.

Et si Mégane avait raison

à propos de la nourriture

qui leur sera servie?

Et si ce n'était pas bon?

Sa mère lui a toujours

répété de ne manger que

ce qu'elle aime. Et si on lui

servait des aliments qu'elle
déteste? Sophie n'aime
que les légumes crus.
S'il n'y a que des carottes et
des choux-fleurs cuits à la
vapeur, elle mourra de faim!

Sophie raconte
habituellement sa journée
à son père pendant le repas,
mais pas ce soir. Impossible
de penser à autre chose
qu'à son excursion. Elle va

peut-être s'ennuyer de chez

elle ou se faire piquer par

une guêpe. Elle pourrait

tomber dans le lac pendant

leur randonnée en canot.

Serait-elle capable de nager

jusqu'à la rive ?

— Tu dois avoir hâte

de faire ta première excursion

scolaire, mon petit monstre,

dit son père.

— Je pense que oui, répond Sophie en remuant ses pâtes.

Au moment d'aller au lit, Sophie s'imagine d'autres scénarios. Qu'arrivera-t-il si elle doit aller aux toilettes au cours de la nuit? Il fera sombre dans les buissons. Elle n'a pas peur du noir, mais elle aime bien qu'il y ait une lumière tout près.

Elle s'enroule dans
sa couette. Elle essaie
de s'endormir, mais elle ne
parvient pas à fermer les yeux.
Son sac à dos produit
sur le mur une ombre étrange
qui ressemble à la forme
d'un ours. Un gros ours
avec des dents et des griffes
pointues.

Son père entre dans
la chambre pour lui
souhaiter bonne nuit.

Si elle lui disait qu'elle ne
veut plus faire l'excursion,
lui permettrait-il de rester
à la maison? Elle pourrait
l'aider dans son travail
en taillant ses crayons...

Son père s'assoit au pied
du lit et lui tend un petit
paquet. Sur le dessus

de la boîte, il a dessiné

un monstre avec un sac à dos.

— Le monstre a l'air

inquiet, fait-elle remarquer.

— Il est un peu nerveux,

mais il est aussi excité,

explique son père. Pourquoi

ne l'ouvres-tu pas pour voir

ce qu'il y a à l'intérieur?

Sophie déchire l'emballage.

Dans la boîte se trouve

un crayon lumineux

de couleur argent. Sophie

l'allume. Il éclaire beaucoup.

L'ombre de l'ours

a complètement disparu

du mur.

— Lors de ma première nuit

de camping, j'avais gardé

une lampe de poche sous

mon oreiller, confie son père.

Ça m'avait aidé à ne pas

avoir peur.

Sophie est étonnée.

Elle ignorait que son père

avait des peurs.

— Je n'aurai pas peur,

dit Sophie en enlaçant

son père.

Elle sait que c'est vrai

maintenant qu'elle a la lampe

de poche.

Chapitre quatre

Le lendemain matin, quand le père de Sophie la reconduit à l'école, plusieurs élèves sont déjà attroupés dans la cour. Deux autobus scolaires sont stationnés dans la rue.

— À demain ! lance Sophie

en donnant un baiser

à son père.

— Amuse-toi bien mon petit

monstre, répond-il.

Je vais m'ennuyer de toi.

Sophie a une boule

dans la gorge tandis

qu'elle le regarde tourner

le coin de la rue. Pendant

un moment, elle a l'impression

qu'elle va se mettre à pleurer devant tout le monde.

Elle entend soudain son nom. Mégane et Alicia sont déjà à bord d'un autobus et elles lui envoient la main... de deux vitres différentes. Elles ont toutes les deux l'air si énervées que Sophie ne peut qu'être excitée elle aussi.

Mais une fois montée
dans l'autobus, Sophie
découvre que ses deux amies
lui ont chacune réservé
une place à côté d'elles.
C'est tout un problème.
Sophie s'immobilise devant
la porte en se demandant
ce qu'elle doit faire.

Puis, elle sent une main
se poser sur son épaule.
C'est Mme Trudel.

— Bonjour Sophie, dit-elle en souriant. Ta mère vient de me téléphoner pour me rappeler que tu as le mal des transports. Tu devrais t'asseoir à l'avant avec moi.

Sophie rougit. Sa mère
a parfois le don de lui faire
vraiment honte.

Elle s'apprête à dire
à Mme Trudel qu'elle peut
très bien s'asseoir à l'arrière
quand, soudain, il lui vient
une idée. Si elle s'assoit
avec Mme Trudel, elle n'aura
pas à choisir entre ses deux
amies.

— OK, répond-elle,
se sentant un peu bête.
C'est une bonne idée.

Sophie se retourne
en direction d'Alicia
et de Mégane.

— Vous pourriez peut-être
vous asseoir ensemble,
suggère Sophie.

— Je vais m'asseoir avec
Juliette, réplique Mégane.

— Et moi, avec Marie,

ajoute Alicia.

Les deux filles changent

de siège. Sophie soupire. Ce

sera une journée compliquée.

Peu après le départ,

quelqu'un donne un coup

de pied sur le siège de Sophie.

Elle tourne la tête en

bougonnant et découvre

qui est assis derrière elle

— Philippe Leroux.

Il lui sourit et insère

un doigt dans son nez. Sophie

se retourne rapidement.

Comment le garçon le plus

dégoûtant et désagréable

de l'école s'est-il retrouvé

derrière elle ? ✱

Chaque semaine, Philippe

invente une nouvelle façon

de taper sur les nerfs

de Sophie. Il lui lance parfois

des avions de papier. Il lâche

un gros pet et prétend

que c'est elle qui l'a fait.

Il fait des mimiques lorsque

c'est à son tour de lire à voix

haute. Ses mimiques

sont tellement bizarres que

les autres élèves ne peuvent

s'empêcher de rire.

Tous, sauf Sophie. Elle ne

les trouve pas drôles du tout.

Philippe donne un autre

coup de pied sur son siège.

Sophie se retourne et
le regarde droit dans les yeux.

— Si tu continues, siffle-t-elle
avec colère, je le dirai
à Mme Trudel.

Le sourire de Philippe
s'est élargi.

— Tu n'oserais jamais
me dénoncer, non ? dit-il.

— Oh que si, marmonne
Sophie.

Sophie sait pourtant que

ce ne sont pas des menaces

qui arrêteront Philippe.

Heureusement, quelqu'un

à l'arrière entonne

une chanson de groupe.

Philippe cesse de donner

des coups de pied sur
son siège et se met à chanter.

Les élèves chantent sur l'air
de Frère Jacques.

M. le chauffeur,

M. le chauffeur,

Dormez-vous ? Dormez-vous ?

Pesez donc sur le gaz

Pesez donc sur le gaz

Ça marche pas,

ça marche pas.

Quand les enfants arrivent
à la fin de la chanson,
ils la recommencent.
C'est vraiment agaçant !

Sophie aperçoit ses amies
chanter à l'arrière
de l'autobus. Elle aimerait
plus que jamais être assise
avec elles et s'amuser.

Mme Trudel les laisse
répéter la chanson au moins
dix fois de suite.

Puis, elle dit enfin :

— Le prochain qui chante
cette chanson devra faire
le reste du trajet à pied !

Tout le monde s'arrête
de chanter, mais on peut
encore entendre quelques
gloussements à l'arrière.

Philippe recommence
aussitôt à donner des coups
de pied sur le siège
de Sophie. Elle soupire.

Elle a l'impression
qu'ils roulent depuis
des heures. Arriveront-ils
bientôt ?

Chapitre cinq

L'autobus s'engage finalement sur le chemin de terre. Le lieu de camping apparaît au loin. Il est entouré de grands arbres sauvages.

Il y a un lac à l'eau claire
et miroitante tout près.
Sur la rive sont alignés
plusieurs canots colorés.

Sophie retrouve
son enthousiasme. Elle ne
regrette pas d'avoir enduré
ce pénible trajet d'autobus.
Elle aura beaucoup de plaisir.

Mégane surgit à côté d'elle.

— Quel trou, s'indigne-t-elle.

C'est encore pire
que dans *Perdus*.

Sophie s'impatiente.
Pourquoi Mégane doit-elle
obligatoirement tout
critiquer?

M. Parenteau tape des mains
et demande à tous
de s'approcher de lui.
Sophie se tient debout
entre Alicia et Mégane.

— OK tout le monde, dit-il.
Je vais maintenant attribuer
les tentes.

— Nous ne pouvons pas
choisir? demande Alicia,
étonnée.

— Pas cette fois-ci, répond
M. Parenteau. Nous avons
jumelé des élèves des deux
classes afin que vous
appreniez à mieux vous
connaître.

M. Parenteau commence
à nommer les élèves,
et il donne une tente
à chaque groupe.

— Tente numéro 12,
appelle-t-il enfin. Sophie,
Mégane et Alicia.

Les trois filles s'échangent
des regards de stupéfaction.
Elles restent immobiles,
comme si elles venaient

de se transformer en statues.

Sophie prend la parole.

— Allez les filles, dit-elle.

Nous ferions mieux

de commencer à monter

notre tente.

Elle prend le sac, puis

toutes les trois se mettent

à la recherche d'un endroit

où installer leur tente.

Sophie a toujours pensé

que les pires personnes avec

qui partager une tente sont

celles qui sentent des pieds.

Ou celles qui ronflent.

Ou les gens grossiers,

comme Philippe.

Elle n'a jamais imaginé

une seconde que les pires

personnes avec qui partager

une tente seraient un jour

ses deux meilleures amies.

 Chapitre six

Les ennuis ne tardent pas
à commencer.

Alicia a déjà installé
des tentes et elle explique
à Sophie et à Mégane
ce qu'elles doivent faire.

Alicia aime bien donner des ordres. Elle devient impatiente lorsque les autres ne travaillent pas à sa façon.

— Sophie, lance Alicia, tiens ce mât.

Sophie saisit un mât.

— Non, pas celui-là, nounoune! s'écrie Alicia. Le plus court.

Sophie n'aime pas se faire traiter de nounoune,

mais elle ne dit rien. Elle veut

seulement finir d'installer

la tente le plus vite possible.

— Maintenant, Mégane,

ajoute Alicia, tu dois tendre

la corde du mieux

que tu peux.

Mégane regarde Alicia.

— Je ne dois pas faire quoi

que ce soit, siffle-t-elle.

Alicia lève les yeux

vers Mégane.

— Oui, affirme-t-elle, sinon
la tente va tomber par terre.

Mégane lâche la corde
qu'elle tenait.

— Bien, dit-elle, j'espère
qu'elle va tomber... sur ta tête !

Les oreilles d'Alicia
deviennent rouges et
ses lèvres se crispent.
Sophie sait ce que cela signifie.
Elle doit réagir — et vite
— avant qu'Alicia s'emporte.

— Mégane, intervient-elle
en réfléchissant, peux-tu
demander des piquets
supplémentaires
à M. Parenteau? Nous n'en
aurons pas assez.

Pendant un court moment,
Sophie a l'impression
que Mégane va refuser.

— OK, accepte-t-elle.
Mais c'est pour toi
que je le fais, Sophie.

Après le départ de Mégane,
la tente leur semble plus facile
à installer.

— Mégane est une vraie
plaie, se lamente Alicia
tandis qu'elle pose les piquets.

— Elle peut parfois être
déplaisante, admet Sophie.

Alicia regarde Sophie
d'un air ahuri. Sophie se porte
toujours à la défense
de Mégane. Mais aujourd'hui,

elle lui tombe sur les nerfs.

Ça lui fait du bien

de se plaindre à propos

de Mégane, pour une fois.

— J'étais tellement fâchée

que je l'aurais attachée

à l'arbre avec la corde, plaisante Alicia.

Sophie rit aussi.

— Je doute que Mégane apprécierait, affirme-t-elle. Les cordes ne sont pas assorties à ses vêtements.

Elle regrette aussitôt d'avoir dit cela. Après tout, Mégane est une amie de très longue date.

Lorsque Sophie a échoué
à un examen de grammaire,
Mégane a imité Avril Lavigne
et a dansé durant toute
la récréation pour lui remonter
le moral. Le jour où Sophie
a oublié son lunch, Mégane
lui a donné la moitié du sien.
Puis, quand Sophie dort
chez Mégane, celle-ci lui laisse
toujours le lit du dessus.

— Je sais que Mégane peut être déplaisante, avoue Sophie, mais elle peut aussi être très drôle et vraiment gentille.

Alicia ne dit rien, mais Sophie peut voir qu'elle ne la croit pas.

Une fois que toutes les tentes sont installées, Mme Trudel convoque tout le monde à nouveau.

— Nous ferons du canot cet après-midi, annonce-t-elle.

Excitée, Alicia agrippe le bras de Sophie.

— Il y a toutefois certaines règles à suivre, poursuit Mme Trudel. Tout d'abord, vous devez porter un gilet de sauvetage.

À ses pieds se trouve une pile de gilets de sauvetage.

— Deuxième règle,
vous n'avez pas le droit
d'éclabousser ni de faire
chavirer les autres canots.
Toute personne prise à
enfreindre l'une de ces règles
sera immédiatement
expulsée du lac. Compris?

Tout le monde hoche la tête.

— Enfin, il y a une limite de
deux personnes par canot.

Sophie se retourne

vers Mégane et Alicia.

Elles la regardent toutes

les deux.

— Allez Sophie, dit Mégane.

Quel est ton choix ?

Chapitre
sept

Heureusement, Sophie se souvient du truc que lui a donné son père lorsqu'il doit prendre une décision embêtante. Elle fouille

dans sa poche et trouve
une pièce de monnaie.

— Je vais lancer cette pièce
de monnaie, explique-t-elle
aux autres. Si c'est face,
je vais aller avec Mégane.
Et j'irai avec Alicia si c'est pile.

Mégane et Alicia hochent
la tête. Ça leur semble juste.
Sophie lance la pièce
de monnaie dans les airs
et l'attrape. Face !

— Oui ! s'exclame Mégane
en sautillant sur place.

Alicia hausse les épaules.

— Ça m'est égal, dit-elle
en s'éloignant. Je trouverai
quelqu'un d'autre.

Mme Trudel distribue
les gilets de sauvetage et leur
montre comment les enfiler.

Mégane fait la grimace.

— Je refuse de porter
cette chose, se plaint-elle

en tenant le gilet de sauvetage
au bout de son bras.
C'est tellement laid !

Sophie soupire. La plupart
des élèves sont déjà en train
de faire du canot sur le lac
et de s'amuser.

— Ce n'est pas censé être
beau, répond Sophie.
C'est pour ta sécurité.
Si tu ne l'enfiles pas,
j'irai avec Alicia à la place.

Mégane décide de mettre
son gilet de sauvetage.

Sophie la regarde
et se met à rire.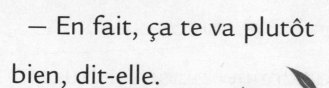

— En fait, ça te va plutôt
bien, dit-elle.

— C'est vrai ?
réplique Mégane.

Sophie acquiesce d'un signe
de tête. Ça ne la surprend pas.
Même un gilet de sauvetage
a l'air *cool* sur Mégane !

Tout le monde est déjà sur le lac au moment où Mégane et Sophie mettent enfin leur canot à l'eau. M. Parenteau rame à leurs côtés pour leur donner quelques trucs.

— Essayez de ramer en même temps, leur explique-t-il. Un coup de rame chacune de votre côté vous permettra de vous déplacer en ligne droite.

Sophie maîtrise la technique
du premier coup.

Mais Mégane a de la difficulté
à s'ajuster au rythme
de Sophie et le canot tourne
en rond.

Sophie commence
à s'impatienter.

Mégane ne l'écoute pas,
pas plus que lorsqu'elles
installaient la tente.

Alicia et Marie pagayent
aisément, comme si
elles avaient fait du canot
toute leur vie.

— C'est amusant, non ?
dit Alicia avec des étincelles
dans les yeux.

— Non, répond bêtement
Mégane. C'est plate
et stupide.

Alicia et Marie regardent
Mégane avec stupéfaction.
Sophie est gênée
— elle préfèrerait que
Mégane se taise.

Soudain, des gouttelettes
se mettent à tomber
sur la tête des filles.

Sophie cherche des yeux
les nuages. Le ciel est pourtant
complètement dégagé.
Que se passe-t-il? Elle entend
tout à coup quelqu'un rire.
Ce rire, elle le reconnaît
sur-le-champ.

Philippe pagaye à côté
d'elles. Il partage son canot
avec Justin Houde.
En le voyant, Mégane sourit

pour la première fois depuis son arrivée au lac.

— Bonjour Justin ! lance-t-elle en le saluant de la main.

Au moment où elle s'apprête à lui dire autre chose, les gouttes d'eau recommencent à tomber. Elles ne viennent pas des nuages, mais plutôt de Philippe.

Il enfonce sa rame dans l'eau, puis une véritable

averse s'abat sur la tête des filles.

— Hé, t'as pas le droit d'éclabousser les autres ! crie Sophie.

Philippe sourit.

— Qu'est-ce que tu vas faire ? demande-t-il. Me dénoncer ?

— Qu'est-ce que tu en penses ? chuchote Sophie à Mégane. Est-ce qu'on devrait le dire à M. Parenteau ?

Mégane hausse les épaules.

— Non, arrosons-le, nous aussi, propose-t-elle.

Mégane commence à éclabousser les garçons avant que Sophie ait le temps de répondre. Malheureusement, une bonne partie de l'eau se retrouve sur Alicia et Marie.

— Hé ! crie Alicia en envoyant à son tour de l'eau sur Mégane.

— Arrêtez! ordonne Sophie
en essayant de s'emparer
de la rame de Mégane.

En se débattant avec
Mégane, elle éclabousse
encore plus les garçons.

Aucun d'entre eux
ne se rend compte
que M. Parenteau est apparu
à leurs côtés dans son canot.

— Les filles! Qu'avons-nous
dit à propos

des éclaboussures?
s'écrie-t-il avec colère.

Sophie le regarde d'un air

terrifié.

— C'était un accident,

M. Parenteau, tente

d'expliquer Sophie.

Je déteste
ces garçons !

— Ça ne m'avait pas l'air

d'être un accident, répond-il.

Vous connaissez les règles.

Vous devez toutes les quatre

sortir de l'eau.

Sophie a les larmes aux yeux

tandis qu'elle se dirige

vers la rive. Elle ne peut

croire ce qui arrive.

— Ouf, quel soulagement!

dit Mégane en sortant

le canot de l'eau. Je n'avais

tellement pas envie de faire
du canot !

Alicia est à côté d'elle.

Elle a l'air fâchée.
Très fâchée.

— Tu n'avais peut-être pas
envie de faire du canot,
commence-t-elle, mais nous,
si. Nous attendions
ce moment avec impatience.

— Tu ne penses qu'à
ta petite personne, Mégane,

poursuit Alicia. Tu as gâché l'excursion scolaire de tout le monde.

Mégane est en état de choc. Elle ouvre la bouche, mais elle reste muette.

Alicia place ses mains sur ses hanches. Elle n'a pas terminé.

— Je ne comprends pas que Sophie soit ton amie.

Tu ne t'intéresses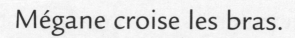

qu'aux vêtements.

Mégane croise les bras.

— Ce n'est PAS vrai,

réplique-t-elle. Et puis, je ne

comprends pas pourquoi

Sophie est ton amie. Tu veux

toujours tout décider !

Je n'en peux plus !

Sophie regarde ses meilleures amies se disputer. C'est à ce moment qu'elle se rend compte qu'elle n'en peut plus. Elle en a assez de toujours être coincée entre les deux.

— Vous pouvez cesser de vous disputer pour mon amitié, car j'ai moi-même décidé avec qui je devrais être amie, intervient-elle.

Alicia et Mégane s'arrêtent
toutes les deux de parler.
Pour une fois, elles écoutent
ce qu'elle a à dire.

Sophie prend une grande
inspiration.

— Je ne veux plus être l'amie
ni de l'une ni de l'autre.

Elle se retourne et s'enfuit
en courant.

Chapitre
huit

Chez son père, il y a
dans la cour un grand arbre
dans lequel Sophie grimpe
lorsqu'elle est contrariée.
Elle est habile pour grimper,
et elle finit toujours par

se sentir mieux une fois

là-haut.

Alors après la dispute,

Sophie repère le plus grand

arbre sur le site. Elle y monte

jusqu'à ce qu'elle surplombe

les tentes. De là-haut,

elle peut voir les enfants faire

du canot sur le lac.

Elle est toujours fâchée, mais

elle se sent mieux maintenant

qu'elle est dans l'arbre.

Combien de temps pourra-
t-elle rester à cet endroit ?
Elle pourrait même dormir
sur une branche et se tenir
au tronc. Sophie songe à aller
chercher son sac de couchage
lorsqu'elle entend une voix
qui provient du pied de l'arbre.

C'est Alicia.

— Descends, Sophie,
la supplie-t-elle. Je m'excuse
de t'avoir contrariée.

Alicia a vraiment l'air désolée, mais Sophie ne lui répond pas. Au moment où elle baisse les yeux, Alicia a disparu. Quelques minutes plus tard, elle entend une autre voix.

Cette fois-ci, il s'agit de Mégane.

— C'est ridicule, Sophie, avoue-t-elle. Descends de l'arbre pour que nous puissions en discuter.

— Va-t'en, lui ordonne

Sophie. Je reste ici.

Puis, elle entend des bruits

de pas. Quelqu'un d'autre

vient la déranger.

Pourquoi ne la laissent-ils

pas tranquille ?

— Sophie Sénécal !
Qu'est-ce que tu fais ?

Sophie regarde au pied
de l'arbre. Oups !
C'est Mme Trudel,
et elle a l'air fâchée.

— Tu dois servir le souper
ce soir, dit Mme Trudel.
J'exige que tu sois descendue
d'ici une minute.

Mme Trudel peut parfois
faire très peur. Sophie

redescend de l'arbre
sur-le-champ.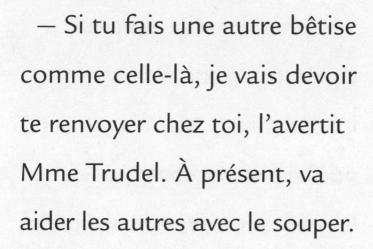

— Si tu fais une autre bêtise
comme celle-là, je vais devoir
te renvoyer chez toi, l'avertit
Mme Trudel. À présent, va
aider les autres avec le souper.

— Oui, Mme Trudel, répond
Sophie.

Alicia et Mégane ont déjà
commencé à servir le repas

au moment où Sophie

les rejoint.

Sophie s'installe entre

les deux. Alicia dépose

les saucisses dans les assiettes

au fur et à mesure que

les enfants défilent devant elle.

Mégane ajoute une cuillerée

de purée de citrouille.

La tâche de Sophie consiste

à donner une portion de petits

pois à chaque personne.

Les trois filles travaillent côte à côte, mais elles ne s'adressent pas la parole.

Sophie s'en tient à distribuer les petits pois. Elle se dit qu'elle ne pardonnera jamais cette bêtise ni à Alicia ni à Mégane lorsque, soudain, elle entend un drôle de bruit.

Il s'agit d'un bruit de succion. De prime abord, Sophie ne parvient pas à définir l'origine de ce son.

Elle constate par la suite qu'il

se produit chaque fois que

Mégane dépose de la purée

de citrouille dans une assiette.

Sophie regarde Mégane.

Mégane sourit et refait

le bruit en aspirant l'intérieur

de sa joue. C'est un bruit

vraiment dégoûtant.

Sophie voudrait rire,

mais elle se retient. Si elle rit,

cela signifiera qu'elle n'est
plus fâchée. Elle serre
les lèvres pour les empêcher
de se recourber. Elle regarde
ensuite Alicia, qui exhibe
un large sourire.

Mégane fait à nouveau
le bruit tandis qu'elle dépose
une cuillerée de purée
dans l'assiette. Alicia rit,
mais elle semble essayer
très fort de se contenir.

Philippe est le suivant
dans la file.

Sophie n'a pas envie
de servir Philippe.

— Je meurs de faim! affirme
Philippe en tendant son
assiette. J'en veux beaucoup!

Alicia regarde Sophie
et lui fait un clin d'œil. Elle
prend la plus petite saucisse
du plateau et la dépose
dans l'assiette de Philippe.

Hmm...
Philippe
a faim ?

Sophie sourit. Elle sait

ce qu'Alicia a en tête.

Sophie dépose soigneusement

cinq petits pois à côté

de la minuscule saucisse, et

Mégane lui donne une infime

portion de purée de citrouille.

Philippe baisse les yeux vers son assiette.

— Hé! lance-t-il. Pourquoi me servez-vous d'aussi petites portions?

— Parce que tu es une grosse peste, répond Mégane.

— Mais je meurs de faim! ajoute Philippe, visiblement fâché.

— Oh, conclut Mégane, dans ce cas, nous t'en donnerons plus !

Elle prend une énorme cuillerée de purée.

Splash !

La purée de citrouille recouvre tous les autres aliments dans l'assiette de Philippe. Il y en a jusque sur les vêtements et le menton de Philippe.

On dirait qu'il porte une barbe de citrouille. Ça a même giclé sur Mégane, mais ça ne semble pas la déranger.

— En as-tu assez ? demande Mégane. En veux-tu plus ?

Sophie éclate de rire. C'est plus fort qu'elle. Philippe a tellement l'air rigolo avec son menton dégoulinant de purée. Elle relâche enfin tous les fous

rires qu'elle avait refoulés
jusqu'à présent. Alicia rit aussi.

Bientôt, les trois filles rient
si fort qu'elles ont peine
à reprendre leur souffle.

Philippe pose les yeux
sur son assiette de purée
de citrouille. Pendant
un moment, Sophie
a l'impression qu'il est fâché.
Mais il réagit plutôt
d'une façon à laquelle

Sophie ne s'attendait pas

— il éclate aussi de rire.

Il continue de rire tandis

qu'il s'éloigne, le menton

encore dégoulinant de purée.

Sophie n'arrive pas

à le croire. Pour une fois,

Philippe Leroux ne semble

pas savoir comment

répliquer.

Chapitre neuf

Après avoir tant ri ensemble, il serait insensé que les filles ne s'adressent pas la parole.

— C'est la chose la plus drôle que j'ai vue de toute ma vie, avoue Sophie.

— Moi aussi, ajoute Alicia

en se tenant le ventre.

J'ai un point sur le côté.

Elle regarde Sophie.

— Es-tu encore fâchée ?

demande-t-elle.

— Non, répond Sophie

en secouant la tête.

— Je m'excuse de t'avoir

crié après, dit Alicia

à Mégane en donnant

des coups de pied

sur des cailloux. Je suppose que je suis jalouse parce que tu es la plus vieille amie de Sophie.

Mégane sourit.

— En fait, je suis jalouse parce que tu es sa nouvelle amie.

Sophie les regarde toutes les deux, étonnée. Jamais elle n'aurait imaginé que c'était là que se trouvait le problème.

Mme Trudel les rejoint.

— Assurez-vous aussi de prendre votre repas, dit-elle. Mais faites vite !

La fête commence bientôt.

Je vous rappelle que la thématique est l'espace.

La fête !

Sophie avait oublié.

Après le départ de Mme Trudel, les filles examinent les restants.

Ça n'a pas l'air appétissant.

Les saucisses sont froides,

les pois sont tout ratatinés

et la purée de citrouille

est trop liquide. ✳

Sophie a soudain une idée.

— Et si, à la place,

on mangeait les croustilles

que j'ai dans mon sac ?

suggère-t-elle.

Mégane approuve d'un signe

de tête.

— *Cool* ! J'ai des biscuits
et du chocolat. Et toi, Alicia ?

Alicia secoue la tête
de gauche à droite.

— Je n'ai rien apporté.

— Rien du tout ? demande
Mégane.

Alicia a l'air gênée.

— Seulement des raisins
secs. Ma mère n'achète
jamais de friandises.

— Ça fera très bien l'affaire pour notre festin, affirme Mégane. J'*adore* les raisins secs !

Sophie ne dit rien. Elle sait que Mégane ment à propos des raisins secs, mais elle est heureuse qu'elle ait fait un « pieux mensonge », comme dirait sa mère, pour aider à arranger les choses.

Faisons
un festin
dans la tente !

Les filles étalent

la nourriture dans la tente

et commencent à manger.

Elles ont toutes très faim.

Mégane grignote même

quelques raisins secs,

mais Sophie remarque

qu'elle prend une croustille

immédiatement après.

— Bon, dit Mégane

lorsqu'elles ont tout engouffré.

Comment devons-nous nous

habiller pour la fête ?

Sophie pense aux vêtements

qu'elle a apportés.

Elle n'a rien qui soit assez

chic.

— Nous ne pouvons pas
y aller habillées comme ça ?
l'interroge Alicia.

Mégane secoue la tête.

— Bien sûr que non !
Nous devons nous vêtir
convenablement, insiste-t-elle.

— Mais je n'ai rien apporté
d'autre, dit Sophie.

— Moi non plus,
souligne Alicia.

Mégane prend son sac

dans la tente et elle l'ouvre.

Il déborde de vêtements

de toutes les grandeurs

et de diverses couleurs.

— Une chance

que j'y ai pensé, rigole-t-elle.

Mégane saisit un chandail

brillant et une jupe assortie

de couleur argent

pour Alicia.

Alicia regarde l'ensemble d'un air hésitant.

— Je doute que ce soit ma taille, dit-elle.

— Essaie, tu verras! répond Mégane.

Alicia enfile les vêtements. Ils lui vont à merveille.

— De quoi ai-je l'air? demande timidement Alicia.

— Super! s'exclament Sophie et Mégane en même

temps. C'est la vérité.

Le chandail est magnifique

sur Alicia. Il fait ressortir

ses yeux.

Mégane trouve ensuite

pour Sophie un chandail

noir recouvert d'étoiles

de couleur or ainsi

qu'un pantalon noir

et une ceinture dorée.

Sophie n'a jamais rien porté

de tel auparavant.

Une fois qu'elles
sont toutes les deux vêtues,
Mégane dit :

— Il faut maintenant
vous maquiller.

Elle retire un grand étui
rose de son sac à dos.
À l'intérieur se trouvent
une centaine d'échantillons
de maquillage que sa mère
lui a rapportés du travail.

— Essayez ça, propose
Mégane en tendant un petit
pot argent à Sophie et à Alicia.

Il s'agit d'un brillant à lèvres
rose à senteur de pêche.
Alicia et Sophie enfoncent
leur doigt dans le pot
et appliquent le brillant
sur leurs lèvres.

— Et celui-ci, c'est pour
vos paupières, dit Mégane

en tendant un autre pot
vers elles.

Il contient de l'ombre à
paupières de couleur argent.
Elle demande aux filles
de fermer les yeux pendant
qu'elle le leur applique.

— Vous devez commencer
par l'intérieur de la paupière,
puis vous l'étendez vers
l'extérieur, explique-t-elle.

Lorsqu'elle a terminé,
Alicia et Sophie se regardent
l'une et l'autre.

— Tu as l'air plus vieille !
dit Sophie à Alicia.

— Toi aussi ! affirme Alicia.
Tu es totalement différente.

Sophie aimerait voir
à quoi elle ressemble.
C'est la première fois qu'elle
porte autant de maquillage.

Elles entendent soudain
de la musique au loin.

— C'est commencé !
s'écrie Mégane en se relevant.
Allons-y.

Le chandail de Mégane
est encore taché de purée
de citrouille.

— Ah oui, j'allais oublier,
dit Mégane.

Elle prend le brillant
à lèvres et l'applique

en vitesse, avant de secouer

son chandail avec ses mains.

Elle parvient à enlever

une partie de la purée,

mais plusieurs morceaux

restent collés.

— OK, je suis prête,

lance-t-elle en sortant

de la tente.

Alicia et Sophie la suivent.

— Tu sais, dit Alicia

à Sophie, j'ai toujours détesté

me maquiller et m'habiller chic. Mais je dois avouer que c'est plutôt amusant.

— Ouais, n'est-ce pas ? réplique Sophie.

Chapitre dix

Sophie a le souffle coupé
lorsqu'elle aperçoit l'endroit
où se tient la fête. Quelqu'un
s'est donné beaucoup
de mal pour les décorations.
Des lunes et des étoiles

---

argentées accrochées
aux branches scintillent
lorsque le vent les fait
bouger. Des serpentins sont
enroulés autour des troncs
d'arbres et le sol est parsemé
de confettis brillants.

C'est presque magique.

M. Parenteau a placé sous
un arbre la chaîne stéréo
portative de l'école et fait
jouer la musique à tue-tête.

Plusieurs enfants sont déjà arrivés, mais aucun d'entre eux ne danse — ils se tiennent tous debout autour de la piste de danse, visiblement gênés.

Mégane agrippe Sophie et Alicia par le bras.

— Venez ! Allons-y en premier, insiste-t-elle.

— Je ne danse pas bien, rouspète nerveusement Alicia

tandis que Mégane l'entraîne

sur la piste de danse.

Je vais vous regarder faire.

Mégane secoue la tête.

— Il n'en est pas question !

Tu peux danser.

Tout le monde le peut. Tu

n'as qu'à faire comme moi.

Sophie se joint à Mégane,

qui a commencé à danser.

Elle se sent ridicule,

mais elle finit par être plus

à l'aise au fur et à mesure

qu'elle danse.

— Viens Alicia, dit Sophie.

C'est amusant. Je t'assure.

Alicia se met donc
à danser. Elle est comique.
Elle bouge les bras très
rapidement. On dirait que
des fourmis la chatouillent
sous son chandail.

Sophie est sur le point
de partir à rire, mais Mégane
lui écrase le pied.

— Aïe ! s'écrie Sophie
en sautillant.

Mégane lui fait les gros yeux.

— Ne ris pas, chuchote-t-elle.

Sinon, Alicia va abandonner.

Sophie hoche la tête.

Mégane a raison.

Il faut peu de temps à Alicia

pour saisir la technique,

et bientôt, elle danse aussi

bien que Mégane et Sophie.

— Hé ! s'exclame-t-elle

après un moment.

C'est vrai que c'est amusant !

En voyant rigoler Sophie, Mégane et Alicia, les autres enfants se dirigent graduellement vers le plancher de danse.

Bientôt, tout le monde danse — même Mme Trudel et M. Parenteau.

Alicia connaît les paroles de toutes les chansons. Sophie et Mégane sont étonnées — elles ne savaient

pas qu'Alicia aimait
la musique populaire.

— Connais-tu ce groupe,
Alicia ? demande Mégane.

— Oui, c'est *X-Press*.
Ma sœur a leur album.

— Les membres du groupe
sont *tellement* mignons,
ajoute Mégane. N'est-ce pas ?

Alicia rougit.

— J'ai posé une affiche d'eux sur le mur de ma chambre, avoue-t-elle.

— *Cool* ! dit Mégane. J'aimerais bien la voir.

Sophie ne peut s'empêcher de sourire. Mégane et Alicia ont des points en commun !

— Hé ! Regardez-moi ! lance Sophie en faisant un tour sur elle-même.

Waouh !
Mes amies
s'entendent
bien !

Lorsqu'elle s'arrête

de tourner, elle se trouve nez

à nez avec Philippe Leroux.

Ça doit faire un moment

qu'il est derrière elle.

— Salut, bégaye-t-il.

— Va-t'en, ordonne Sophie en lui tournant le dos.

— Attends, l'implore Philippe. J'ai quelque chose à te dire.

Il semble sérieux, pour une fois.

— Quoi? demande Sophie.

Elle lui donne 10 secondes, pas une de plus.

— Je suis désolé d'avoir gâché votre excursion

en canot. Je n'ai pas voulu vous attirer d'ennuis, explique Philippe.

Sophie le regarde d'un air méfiant. Elle s'attend à ce qu'il se mette à rire ou qu'il lui dise qu'il l'a bien eue.

Mais ce n'est pas le cas.

— C'est vrai ? s'étonne-t-elle.

Philippe hoche la tête.

— Ouais, affirme-t-il. J'ai réfléchi à ce qui s'était

passé pendant que
je mangeais ma purée
de citrouille. J'ai donc tout
raconté à M. Parenteau,
et il m'a promis de vous
emmener faire du canot
demain.

Sophie ne sait quoi
répondre. Philippe se serait-il
enfin décidé à poser un beau
geste ? Il ne sait rien faire
d'autre que d'embêter

les gens. Et maintenant,

il est devant elle avec

une expression que Sophie

n'a encore jamais vue

sur son visage.

Il a l'air désolé.

— Merci Philippe,

répond Sophie en souriant.

C'est très gentil.

Lorsque Sophie se retourne

vers ses amies, celles-ci sont

curieuses de savoir

ce qu'ils se sont dit.

Elles n'arrivent pas à croire

ce que Philippe a fait.

— Tu sais, dit Mégane,

Philippe ressemble un peu

à un des gars de *X-Press*.

Et il danse bien, aussi.

Philippe est allé rejoindre

ses amis. Sophie le regarde

du coin de l'œil. En fait,

Mégane a à moitié raison

— Philippe danse bien.

Cependant, il n'a rien
d'un chanteur populaire
aux yeux de Sophie !

   Alors qu'elles s'arrêtent
pour prendre une pause,
M. Parenteau vient leur parler.

   — Qui a envie de faire
du canot demain ?
les interroge-t-il.

   Sophie regarde
nerveusement ses amies.

— Sophie, tu devrais y aller avec Alicia cette fois-ci, propose Mégane.

Sophie serre son amie dans ses bras.

— Merci Mégane, se réjouit-
elle. Tu n'aimes pas faire
du canot, de toute façon.

— À vrai dire, ajoute
Mégane, je commençais
à aimer ça à la fin. Je vais
peut-être me réessayer
avec Juliette demain.
Avec un peu de pratique,
je finirai sûrement pas saisir
la technique !

Une nouvelle chanson

commence à jouer.

— Venez, nous devons

absolument danser

sur celle-là ! s'écrie Alicia

avant d'entraîner Mégane

et Sophie sur le plancher

de danse.

Elles dansent jusqu'à

ce que les piles de la chaîne

stéréo soient mortes.

Elles se dirigent ensuite

péniblement vers leur tente, les jambes et les bras endoloris, et la gorge en feu d'avoir trop chanté. Il fait très sombre dans la tente.

Sophie repère facilement son sac de couchage, mais elle entend les autres se bousculer et se heurter dans le noir.

— Je suppose que mon pyjama a rapetissé, observe Mégane.

Sa voix est étouffée.

— Quel est le problème avec mon sac de couchage? se questionne Alicia.

Sophie se souvient soudain du cadeau que lui a offert son père. Elle prend sa lampe de poche sous son oreiller et l'allume.

Elle éclate de rire en voyant
les deux filles.

Mégane a mis le pantalon
de son pyjama sur sa tête,
et Alicia essaie de s'enrouler
dans son sac à dos !

Sophie dépose la lampe
de poche à l'entrée de la tente.

— Je vais la laisser ici,
au cas où l'une d'entre nous
en aurait besoin cette nuit,
rigole-t-elle.

Bien que Sophie soit épuisée, elle ne parvient pas à s'endormir sur-le-champ. Elle réfléchit aux évènements de la journée. Mégane y pense sûrement aussi.

La voix de Sophie s'élève dans le noir.

— Je n'arrive pas à croire que nous n'avons passé qu'une seule journée ici.

On dirait que ça fait plus
longtemps.

— Tu as raison, dit Alicia.
Quel a été votre moment
préféré, les filles ?

— La fête, sans aucun
doute, répond Mégane.
Mais notre festin
dans la tente n'était pas mal
non plus. Et toi, Sophie ?

Sophie réfléchit pendant
un moment. Elle se rappelle

le trajet en autobus,
l'excursion en canot
et leur dispute. Elle pense
aussi à la barbe en purée
de citrouille de Philippe,
aux préparatifs pour la fête,
à la musique et à la danse.

Puis elle se rend compte
que tout ce qu'elle a
toujours souhaité semble
enfin se réaliser. Ses amies
s'entendent bien.

— J'ai tout aimé, avoue-t-elle.

Chaque minute.

Et elle le pense vraiment.

GO GIRL!

**La nouvelle série
qui encourage les filles
à se dépasser !**

La vraie vie,

de vraies filles,

de vraies amies.